誰も見ていない書斎の松本清張

櫻井秀勳
Sakurai Hidenori

きずな出版

はじめに――
松本清張の書斎

作家の机は見るだけで楽しい。

すばらしい漆黒《しっこく》の机で書く人もいれば、どこでも書けるという風来坊もいる。大きな机に資料を積んで書く人もいれば、小机、文机《ふづくえ》のほうが書きやすい、という作家もいる。

東京、お茶の水にある「山の上ホテル」は、多くの文豪、有名作家がここに泊まって作品を書いているので有名だが、それらの作家たちが用いた古い机を、宿泊客が使うことも可能だ。

私はこのホテルをときどき使うが、明治期の文豪が愛用した机を出してもらい、書くこともある。松本清張の愛用の机もあるはずだ。

それはともかく、清張さんが最後まで愛用していた古い机は、文藝春秋から贈られたものだと、本人から聞いた気がするが、ごくふつうの机だ。

たしか、初期の頃に使っていた机が古くなりすぎたので、編集者が見かねて会社の上司に報告し、似た机をオーダーして、贈ったものだと思う。書きやすいように机上に斜傾したガラス板を置いてあるが、これは清張さん自身が考案したものだ。

今この机は、北九州市立松本清張記念館に置かれている。

東京・浜田山にあった書斎、書庫、応接間部分を切り取って、そのまま移したので、一階部分の応接間や地階の書庫などは見ることができるが、二階の書斎は見上げる形になるので、実物に触れることはできない。

私は、清張さんがその机の椅子に座り、その脇に私が座って話し込むのが常だったので、初期に使った机も知っている。それにしても、和服で原稿を書く文豪にしては、椅子に腰かける形式の机を使うのは珍しい。

ふだんの清張さんはいつも和服だった。和服だと畳に座って書くのがふつうだし、特に時代ものを書くとなると、畳でないと、文章にも雰囲気が出ないものなのだ。

ここが清張文学のポイントになるのだが、清張さんの文章は、現代ものと時代もので、それほどの差異がない。時代小説を読んでみるとわかるが、現代文なのだ。多くの時代小説作家は、文章そのものも時代がかっているので、文机的なものでないと、書けない。

ホテルで書くようなときにも、デスクと椅子のある部屋を選ぶ人もいれば、畳に座って書きやすい座机を頼む作家もいる。机ひとつでも、どういう作品になるか、どういう文体になるか、ある程度わかるものなのだ。

また、ベッドが書斎にあるかどうかで、その作家の執筆する時間帯がわかる。

清張さんは初期の頃は、机のすぐそばに簡易ベッドを置いていた。それを知る人は、もう誰もいない。後年の書斎にはなくなっている。書斎で打ち合わせもするようになると、ベッドは置かなくなるものだ。

書斎の机の脇にベッドを置いている作家は、ホテルで書いている人々に多い。書き疲れたら、二、三時間仮眠してはまた起きて、書きつづけるタイプである。初期の清張さんはそうだった。

これに対し、朝は決まった時間に起きて、一日数時間仕事をして、終われば寝室でぐっすり眠るという、規則正しい作家もいる。近頃はこのタイプがふえてきたという。清張さん式の時間の使い方は、売れっ子作家に多い。ともかく締切に間に合わせなければならないからだ。あまり健康的ではないが、私の知る範囲でいうと、おかしな表現だが、健康を気にするタイプほど、早く衰えるようだ。

健康を気にしたからといって、長生きするとは限らない。清張さんは、あれだけ厖《ぼう》大《だい》な作品を書きながら、ずっと健康だった。

『誰も見ていない書斎の松本清張』

このタイトルで、筆を進めていくとする。

大衆小説誌の編集部に配属されて、松本清張だけでなく、当時、多くの作家たちの原稿取りに明け暮れていた私は、それらの作家の書斎を直接、見る機会に恵まれた。けれども本書は、書斎のインテリアについて書くものではない。

作家の書斎には、その人の書き様、生き様が表れる。

少なくとも、私はそう思っている。

また、たとえ編集者でも、書斎には通さない作家もいる。それこそ、作家の生き様である。

清張さんは、作家になったまったくの初期から、私を書斎に招き入れた。そして、それは誰にでもすることではなかった。

今年、二〇一九年十二月二十一日、松本清張は生誕百十年を迎えた。

亡くなってからは、二十七年。四半世紀が過ぎようというのに、いまでも本は読み継がれ、また、松本清張原作のテレビドラマや映画が制作されている。時代を超えて、作家、松本清張はいまも生きている、といっていいだろう。

その作家の手のひらに、万年筆に、原稿用紙に、直接ふれた私の経験を、これからお話ししていこうと思う。

清張さんから多くのことを学ばせていただいた。

それをあなたに伝えることで、あなたにも、いい影響が出ることを望む。

この原稿の中では、ときどき「松本清張」と敬称を省略させていただいている。歴史的な人物であることに敬意を表しての表現として、お許しいただきたい。

いざ松本清張の世界へ。

目次

第二章　作家、松本清張の誕生

第三章　作品はどのようにして書かれたか

第四章　作家の苦悩と喜び

第五章 人間、松本清張の素顔

誰も見ていない書斎の松本清張

写真提供　北九州市立松本清張記念館

第一章

松本清張先生に出会うまで

よみがえる清張さんとの思い出

私はここ十数年、毎年七月十四日には九州・博多に滞在する。十五日早暁、午前四時五十九分から始まる、博多祇園山笠の追い山に参加するためである。

この祭りは全国的に有名なもので、各地から見物人が何十万と集まってくるが、私は観光に来るのではなく、山笠の正装で、舁《か》き山とともに走るために博多まで飛んでくるのである。

これを可能にしてくれたのは、博多在住の経営者、陶山浩徳《すやまひろのり》氏だった。もしかすると、あなたはどこかでこの名前を聞いているのではあるまいか？　そう、ベストセラーとなった『自分の小さな「箱」から脱出する方法』（大和書房）の著者であるアービンジャー・インスティチュートの日本事務所の代表であり、自身も福岡に会社をもつ経営者である。

この祭りは七百年以上つづく歴史があるが、そこに私を招き入れてくれたのだった。陶山氏は十数年前は「千代流《ちよながれ》」の山の舁き手であったが、いまは年齢的にむずかしい。また氏の友人である、これも福岡県のベンチャー経営者として、いまは中央にも名を知られ始めた株式会社ココシスの岡部隆司《たかし》会長は、毎年私を温かく迎えて、博多の街中のみならず、近辺の県や都市にも案内してくれるのだった。

この二人がいるおかげで、二十二歳から現在に至る七十年弱もの期間、松本清張先生の魂の残る、福岡県小倉の地と縁がつながりつづけているのである。

二〇一〇年のことだ。祇園山笠も無事終わり、翌十六日の夕刻には福岡空港から、酷暑の東京に戻らなければならなかったが、岡部氏は突然、小倉の「松本清張記念館に行くのはどうか?」と提案してくれた。

一時間ほどで行けるから、帰りの飛行機には十分間に合うという。私はこのとき岡部氏は、私の心を見抜く力をもっているのではないか、と思ったほどだった。

なぜならその年、そろそろ清張さんとのつき合いの全貌を書かなければならないかな、と思っていたところだった。それにはこれから毎年、記念館に足を運んだほうがいいな、と考えていたからである。

私はそれまでに二度、この記念館を訪れたことがあった。

一度目は私のもっている清張さん関連の遺品を記念館に貸し出ししたオープン当初の頃だった。二度目は清張未亡人と一緒だった。すでに高齢になっていた直子夫人から、一緒に行ってくれないかと頼まれたのだった。足許《あしもと》もややおぼつかない。その身で九州の「夫のいる記念館」まで、行きたいというのだった。

だが私はその前日、もう外せない京都での講演があったので、東京からお供するわけにはいかないが、記念館で落ち合うのはどうでしょう、ということで、一緒に館内を歩いたことがある。

それ以来、記念館には行っていなかったので、岡部氏の提案は渡りに舟だった。「これで書き出しができた」というのが、そのときの正直な感想だった。というのも、私が清張さんと知り合った一九五三年（昭和二十八年）から書き出すのは、いかにも古いし、それに唐突の感は免《まぬが》れない。

そんな苦渋もあったので、岡部氏には申しわけないが、心の中では安堵《あんど》感がみなぎっていたのだった。

当日は陶山氏が運転を引き受けてくれ、岡部氏が案内役となった。こちらは私とタッグを組んでいる、ウーマンウエーブ社長であり、きずな出版の専務でもある岡村季子さんも一緒だった。岡村さんは北九州市は初めてだという。祇園山笠の祭りのあと、松本清張記念館を見学して帰れるのだから、最高の旅といっていいだろう。

この年、前々日の七月十四日まで、九州全域は記録的な豪雨に見舞われていた。それが追い山のスタートとなる十五日の朝には雨もやんで、翌十六日は梅雨明けかと思われるほどの空となり、白雲も浮かんでいるほどだった。私たちは駅前のビルに車を置いて、小倉城の堀端を歩いて記念館に入った。

ここには私が若い頃、何十回、いや何百回も通った松本清張私邸の玄関、応接間と書斎、それに書庫の一部が移されている。目をつぶっても説明できるところだけに、私がガイド役で、当時の清張さんと私のやりとりした模様をつぶさに語っていった。

この初期の書斎の模様を語れる親しい編集者や友人は、もうほとんど現役からいなくなっている。年月の速さを感じるところだが、反対に私が、生誕百十周年を迎えた松本清張という、希有《けう》の作家の実録を残しておかなければ、と思い立った点もここにある。

松本清張について書かれたものは多いが、次第に「松本清張論」や「作品論」がふえてきている。これは、清張さんに直接会っていない人々がふえてきた、ということであり、今後ますます、その傾向になっていく。それはそれで意味のあることであり、いくらでも論じられる巨大な作品群が立ちはだかっている。

だが肉声は、それらの論攻を支えたり、ときに否定する。そしてまた、思いもかけない人間像を浮かび上がらせることも多い。中でも私のように、作家としては、まだ地中に才能のほとんどが埋まっている頃からつき合っていると、意外に、有名になってからの作家像と異なる面を何面も見ているものなのだ。

清張さんとの再会を果たす

この記念館にいると、時間はあっという間にたってしまう。そろそろ出ないと飛行機の出発時間に間に合わない、という時刻になって、突然、沛然《はいぜん》と大粒の豪雨が降り出した。

記念館の中にいてもわかるほどの雨音である。生憎《あいにく》と車は駅の近くに置いてきてしまった。雨傘もなく、どうしようもない。

とうとうこれ以上は待てないというので、陶山氏一人が駅近くまで歩いて行き、こちらに車を持ってきてくれることになった。

私は誰もいない場所で、一人で清張さんの原稿と向き合っていた。私のよく知る、はにかみ屋の一面をもつ顔が壁に掛かっている。

「まだいいだろう。帰らなくちゃいけない仕事があるのかね」

ふと聞き覚えのある声が、聴こえてきた。まぎれもなく清張さんの声だ。

「その頃、先生は一作ごとに、といってよいほど、構想が出来上がるたびに、私に電話を下さるのが例だった。〝このプロットはどうか〟という、いわば読者調査みたいなものである。私が選ばれたというのは、私がすぐれた小説の読み手だからというわけではなく、先生によれば〝きみは、もっとも当り前な一読者〟だったからで、それだけにいいたい放題のことをいわせていただいていた。(後略)」

これは『松本清張の世界』（文藝春秋、一九九二年刊）に抄録されている私の小文だが、清張さんは初期の頃は短篇が多く、そのたびに私は文京区音羽の光文社から、練馬区上石神井のお宅までやってくるのだった。

古い話だが、一九五五年（昭和三十年）当時、西武池袋線の終電車は、いまほど遅くまで走っていなかったので、私はその刻限になるとソワソワしだすのだった。

しかし清張さんは、そんな私の魂胆《こんたん》を見透していて、わざとその時刻になると、プロットの核心を話し出すのだ。それが面白くて、つい話に引き込まれることになるのだが、必ず毎回、

「まだいいだろう。話の筋を聞いてもらわなくちゃ、書けなくなる。いま直子にコーヒーを入れさせるから」

と、引き止められ、結局深夜にタクシーを呼んでもらうか、そのまま朝まで、二人で語り合うことになるのだった。

記念館にいたときも、ふと、清張さんが私を帰らせたくなくて、この豪雨を降らせ

たように感じてしまったのだ。

「飛行機など、一便遅らせたっていいじゃないか」

不思議なことに、そういっている清張さんの声が、ほんとに聞こえるのだ。しかし違うところが一つだけあったのだ。「いま直子にコーヒーを入れさせるから」という声は聞こえなかったのである。

結局、福岡空港に着いたのは、出発時間の十五分前だった。清張さんの締切時間に似ていた。どんなに遅れても、締切寸前で間に合わせてくれるのだった。

実はこの不思議な現象は、その後記念館に行くたびに起こっている。一度は同じようなメンバーに、少数の清張ファンを加えて、講義室で話をしたあと、きずな出版専務の岡村さんの携帯電話がなくなってしまったのだ。

このときも見つかるまで一時間ほどかかってしまったので、飛行機がヒヤヒヤものだったが、清張さんはいつものようにニヤニヤ笑いながら、

「まあ、あわてても仕方がない。いま直子にコーヒーを入れさせるから」

と私に声をかけたのだ。

この年から、なぜか「直子にコーヒー」が復活した。

さらに今年も記念館での話を終えて帰る寸前になって、清張ファンの女性たちから「一緒に写真を撮らせてほしい」とせがまれて、時間ギリギリになってしまった。

そのときも清張さんは私を帰すまいと、コーヒーを片手に語りかけてくるのだった。

私の前に現れるときは、決まって和服だ。洋服であった験《ため》しはない。つまりは書斎でしゃべりたいのだ。二階の書斎の古ぼけた机に座って。

身を乗り出しても聞きたいこと

もしかすると、「清張さんと何時間も話しているって、一体何を話しているのか」と疑問に思う人もいるかもしれない。あの恐ろしそうな顔の先生と、そんなに長い時間、一緒にいられるのかという、単純な疑問や興味をもつ人もいるだろう。

「自分だったら怖くて三十分も一緒にいられない」という人が多いのではなかろうか？

しかしこれは誰の場合でも同じことだが、「話す」より「聴く」ことのほうが大事だ。それは清張さんだけでなく、会社の上司でも同じではないだろうか。私はまず今日の先生は、どんなことに興味をもつのか、どんなことに同意してほしいのかを探る。

清張さんの場合は、東京に出てきたとき、八人家族で、本当に暮らせるのか――これが一番気になっていたと思う。そうだとすれば、話題に「都内の一軒家の家賃」をもってくれれば、身を乗り出して聞くに違いない。

さらにその種の情報を定期的に送れば、この若者は手放せないと思うだろう。あるいは自分が今、文学の中心である東京のマスコミ関係者のあいだで、どういう評価を受けているかも知りたいだろう。

あるいは今、どの作家が人気なのかも、教えてほしいだろう。あるいは原稿料というものは全社一律なのか、それぞれの社によって違いはあるのか？　新人作家の一枚の原稿料は、およそどのくらいなのか？　それはいつ頃支払われるのか——これらの知識をもっていれば、清張さんとすれば、他の出版関係者に聞けないことを、この櫻井という若者に聞くことができよう。

私はおよそこんなことを考えていたことを、いま告白しよう。いや、これは松本清張先生に限らず、どの作家の場合も、こういった「相手が喜びそうなこと」を考えて、話題にしていく。

さらにこの種の話は、夫人が同席しているときのほうがいい。

家庭の主婦は近所づき合いはあっても、隣人に聞きづらいことをたくさんもっているものなのだ。それこそどの百貨店が、どの商品で人気なのか、外食といっても、どの辺だとおいしくて、何という店が安心なのか——。

私の場合は、清張さんが知りたいであろう当時の東京の土地の値段や、どの区が人気か、特に作家たちはどの辺に住んでいるか、などを調べて、コーヒーの合い間に話していたように思う。

親しくなるというのは、なにも一緒に酒を飲むことではない。清張さんとは、二人だけで酒を飲んだことは一回もなかった。清張さんは飲めなかったのだ。

いや、酒を飲めない体質というより、あまりの生活の苦しさから、「酒」という文字を消してしまったのだと思う。

しかし文壇の長者番付に名が載り始めると、どうしてもクラブや料亭に行かざるを得なくなる。たとえば新しく構想した作品の中で、有力者を招いて話を聞かなくてはならないとなると、大ホテルのレストランや高級料亭を使うことになる。

こんなときは、なんとか飲む真似ができるようになってはいたが、本当は「おいしい！」とは思っていなかったのではあるまいか。

では清張さんは、私にどんなことを話していたのだろう？　一言でいうならば、新しく構想した小説を、どの編集者よりも先に聴いてもらいたかったのだ。そして「面白い」といってほしかったのだ！

私が「面白倶楽部」という月刊誌から、新しくスタートした週刊誌の「女性自身」に移ったのは一九五九年（昭和三十四年）の初めだった。

ここまでの六年間と、以後の週刊誌時代では、つき合い方が大きく異なっていく。さらにくわしくいうならば、一九六三年（昭和三十八年）には「女性自身」の編集長になったので、私自身が担当者として清張さんの作品を担当するのは、不可能になってしまった。

つまり、清張さんと私の異常に濃いつき合いは、この一九六三年を以って終了したことになる。

これを逆にいうならば、もうお互い、それだけの長い時間、友情を温め合う時間がなくなったともいえるし、作品的にも、私のほめ言葉など必要なくなるほど、大きく成長したということなのだろう。

松本清張は超天才だった

檀一雄という作家がいた。一九一二年（明治四十五年）生まれで、亡くなったのは一九七六年（昭和五十一年）である。代表作に『火宅《かたく》の人』（新潮文庫）があるが、いまの人たちには、女優の檀ふみの父親だというほうがわかりやすいのだろうか。

私は『リツ子・その愛』『リツ子・その死』（新潮文庫）という、希有な恋愛小説でこの作家を知り、なんとしても会いたいと思うほど夢中になった。

『火宅の人』は、日本文学大賞を取った長篇小説であり、檀一雄の自伝的小説でもあった。一九五五年（昭和三十年）に最初の部分が発表されたが、その原稿は亡くなるまで書き継がれ、遺作となっている。

私は二十二歳のときから、念願叶ってこの作家の担当になったが、まさに、この『火宅の人』を、現実の世界で見せられることになるのである。

『火宅の人』の小説そのままに、檀一雄は、女優の愛人ができてしまい、自宅に帰れなくなり、ホテルで原稿を書いていた。

「火宅」とは仏教用語で、この世は苦しみの世界であるのに、それに気がつかないで、享楽に耽《ふけ》っている、というほどの意味だが、自分自身の立場を暗示している題名だ。

この頃の檀さんは口述筆記が得意だった。それが実に面白いのだ。目の前で、身ぶり手ぶりを加えて口述するので、つい私は手を止めて、聞き入ってしまうことがあった。すると檀さんは、

「櫻井君、手が止まっているぞ！」

と注意を与えてくれるのだが、さすがに直木賞作家だけあって、ストーリーがあとからあとから、スラスラと口から飛び出てくるのだった。

清張さんは、檀一雄よりも三歳上だったが、ストーリーが口から出てくることでは、檀さんに負けていない。いや、それ以上だったといってよいだろう。

私の手許《てもと》には講談社版『松本清張短篇総集』という箱入りの豪華本がある。一九六三年（昭和三十八年）版だが、全部で四十三篇が収められている。

面白いことに、ここに収められている短篇のほとんどは、書かれた作品を読んだものでなく、清張さんの口から発せられたときに、感心したものばかりなのだ。

つまりは、

「櫻井君、明日来られないかね？」

と呼び出されて、それぞれの社の編集部に渡す直前の原稿を、読んで聞かされた作品ばかりだ。

私は間違いなく、清張さんは超天才だと思う。それは四百字詰め三十枚から五十枚くらいなら、ほとんど話したものと書いたものと、内容が違わないのだ。

〝ほとんど〟と書いたのは、私が顔をしかめたり、首をひねった個所を修正するので、修正がなければ、まさに口から発せられたストーリーが、そのまま作品化することになるのである。

後年（昭和三十四〜四十三年）あまりに書きすぎて、清張さんは一時、書痙《しょけい》（文字を書こうとすると手が震えたり、うまく動かなくなる症状）にかかったことがあった。このときは速記者の福岡隆さんが専属となって助けたのだが、世間では書痙になっても執筆量がそれほど落ちなかったので、陰武者がいるのではないか、と噂されたものだった。

作家専属ともなると、速記者といっても、国会の速記者とは大きく異なってくる。それはその作家独特の句読点と漢字、ひらがな、カタカナの区分けが重要になってくるからだ。

その点福岡さんは名人といっていいほど、熟練していた。つまりは作品を書く陰武者がいるのではないか、と疑われるほど、清張さんは、大作でも口述筆記が可能だったのだ。

私は清張さんの口述原稿を筆記した人間ではない。単に耳で聴いて、作品をほめればよかったのだ。しかしそれにしても、いまであれば、ラクラク録音できるものを、当時の録音機は持ち運びもラクではないほどの大きさだった。

しかしもし録音機を前にして、しゃべったとしたら、あれだけ正確な文章にはならなかっただろう。

作家、松本清張としては、講演記録が残っている。あるいは本物の講演を聴いた方もいらっしゃるかもしれない。

当時、「男性作家は講演が下手」という定説があった。笑い話になるが、「講演では食べていかれないので作家になった」という作家もいたほどで、それくらい、たしかに人前で話すのが得意という人はいなかった。特に男性作家は、演台の前に立っても、話すより、水を飲んでいる時間のほうが長い、というタイプも多かった。

そんなわけで、私は何人もの講演を聴いているが、聴き入るほどの内容を聴いたことがなかった。ところが清張さんは「立て板に水」というほど、流れるように話していく。これは記憶力のすごさではあるまいか。

話す（朗読）ことが、なぜうまかったのか？

その理由は『半生の記』の中で発見することができる。清張さんは最初の作品である『西郷札《さいごうさつ》』を、書くだけでなく、同僚に話して聞かせていたのだ。

「私は、自分の小説の勝手がわからないので、同じ社（註・朝日新聞西部本社）にいる文学好きの若い同僚を外に誘い出しては、電灯会社の電柱置場に腰を下ろし、進行した文章を朗読して聞かせた。同僚ははじめは面白いといっていたが、私がたびたび外に連れ出すので遂に迷惑がった。しかし、私はそれに興味を覚えて、現実の苦しさから逃げることができた」

（松本清張『半生の記』河出書房新社）

――この経験は珍しい。私の知った大勢の作家の中にも、自分で作品を朗読して聞かせた、という人はいない。

しかし松本清張が国民的作家と呼ばれるようになった理由は、ここにあると私は思っている。

若い同僚が耳で聞いて面白い、といってくれた——という個所は重要だ。これは巧《たく》まずして読者調査をしたようなもので、清張さん自身これによって、「週刊朝日」の「百万人の小説」に応募し、入選したら十万円くらいの賞金を獲得できると予想している。実際、作品は佳作に入選した。

私はこの『半生の記』に書かれている話を、早くに聞いていたので、若い作家たちにこの方法をずいぶんすすめてきた。

書くだけでは、人はなかなか読んでくれない。むしろ朗読して、面白がってくれるかどうかを調べたほうが、成功する率は高いと思うのだ。

作家、太宰治との四日間

清張さんとの出会いを語るには、まず私のことを書かないわけにはいかない。
私は清張さんが『或る「小倉日記」伝』で芥川賞を受賞した一九五三年（昭和二十八年）一月には、東京外国語大学のロシア語専攻の学生だった。すでに四年生で就職を決めなければならない最後の時期だった。

いまなら大学三年のうちに就職の内定を受けなければならないが、この頃は四年生の秋から入社試験が始まるという、そんな時代だった。私が一九四九年（昭和二十四年）に大学に入ったときは、たしか高校卒業生の五パーセントくらいの大学進学率だったので、就職の時期は中・高校生優先で、大卒はあと回しになっていたのかもしれない。

そして私は、あまり就職に熱心ではなかった。それというのもまだ戦後経済はどん底で、自分の進みたい出版社は想像外の競争率で、到底合格するとは思えなかったからだ。また、無謀にも、できればロシア文学の翻訳と小説を書いて、生計の道を立てたいと思っていた。実際、「作家群」という同人雑誌の創刊メンバーだったし、歴史小説を主として書いていた。

実はそうなったについては、一つの物語があった。私は旧制中学四年の冬、十五歳のときに、太宰治と思われる作家と四日間、一緒に過ごした経験をもつ。

この異常な経験は、その後つき合っていく作家とのあいだを、驚くほど深くしていったが、私の人生を決定づける強烈な印象を残したものだった。

第二次世界大戦末期、米軍の空襲で東京は焼け野原になったが、私は当時、母の実家のある千葉の大網《おおあみ》という小さな町に疎開していた。

戦争が終わって、そこでの二回目の冬を迎えようという年の瀬のことである。私は両手の指のあいだに皮膚病が広がり、痒《かゆ》くて勉強もできないほどだった。医師は敗戦の日本には薬品がないので、硫黄泉《いおう》に行くしか方法はない、と冷たかった。

そこで硫黄泉を探したのだが、千葉県内には温泉そのものがなく、箱根の芦ノ湖の近くに、さびれた芦之湯温泉という硫黄泉があるので、そこで十日ほど入湯することになった。

インターネットを使えば一瞬に探し出せるのだが、当時は日本国内の情報は、すべて戦争遂行のため秘密扱いにされているという、いまでは信じられないような時代だった。

そしてこの温泉で、作家の太宰治と覚しき女性連れの男と出会ったのだ。それも数人入れば一杯という、小さな温泉風呂の中で。

「きみは毎日一人で、ここで何をしているのですか？」

痩せた中年の男は、毎日何回も温泉に浸かっている私を不審な目で見ていたようだ。このとき私は訳《わけ》を話したのだが、その男は納得しただけでなく、親切にも、

「だったらヒマだろうから、私の部屋に遊びに来なさい」

と誘ってくれたのだ。

敗戦後、一年半もたっていなかった頃なので、部屋には古ぼけたラジオが一台あるだけで、それもよく聴けない。かといって勉強も数時間すれば、飽きてしまっていた。中学生にとっては冒険だが、大人になるチャンスと思ったのだろう。私は思いきって、二階の、その彼の部屋を訪ねたのだった。

出てきたのは思いがけなく、中年の和服の女性であった。

「櫻井さんね、どうぞお待ちしていました」

と、和服の女性は笑顔で、私を部屋に招き入れてくれた。私が男性に告げた名前を、ちゃんと知っている。

その男性は部屋に座っていた。私はまだこの男性に「何をしているのですか？」と聞いてはいなかった。というのもその頃の屈強な男たちは、ほとんど除隊してきた兵士ばかりだったので、仕事を聞くことは失礼に当たったのだ。

ところが部屋を見回してみると、大きなテーブルの上に原稿用紙が置かれている。もしかすると作家ではないか？　というのが、私の最初の直観だった。

残念ながら私は名前を聞いたのか、仕事を尋ねたのか、それも遠い昔のことなので、忘れてしまっている。

ただ覚えているのは、小説家でありながら、名前を名乗らなかったこと。またあとで係の女性に、この男性のことを聞いたとき、

「ああ、〇〇さんですね」

と答えたのだが、太宰という名前ではなかったことだけは覚えている。

それだけではない。部屋を訪ねたのは四日間だったのだが、一体そんな長い時間、何を話していたのか、それも忘れてしまった。

ただ、「話していた」というより、「質問攻めに遭っていた」というほうが正しいかもしれない。それほど私の話を面白がってくれたのだ。

では私がなぜこの男を「太宰治」と思ったのか？　一つだけこれははっきり覚えているのだが、戦後に出てきた「あごに手をやる写真」そっくりのポーズをしていたことだ。

また私に「出版社という会社があるから、小説が好きなら、そういう道もある」と、将来の道のヒントをくれたことも覚えている。

この一言によって、私は詩と小説を書き始め、詩では、当時人気の詩人、白鳥省吾に少し認められて、興奮した覚えがある。小説は高校の文芸誌に初めての作品を書いて、文芸部を立ち上げたのだった。

私がこの男を太宰治と思ったのは、二年後の一九四八年（昭和二十三年）六月十三日の情死によって、初めて写真が小さく新聞に出たことによる。

この当時の新聞は紙の事情が悪く、タブロイド版に悪質の印刷という、そんな新聞しか出ていない時代だった。教科書も数枚の薄っぺらい紙でできたものだった。

その中で太宰治と山崎富栄《とみえ》の情死事件は、報道されたのだ。このときのボケた写真を見て「もしかしたら」と思うようになっていった。

のちに私は編集者になってから、太宰治と親友だったラジオドラマ作家の伊馬春部《いまはるべ》と会って、この温泉での数日間の話をしたことがある。

伊馬氏は私の義兄の仲人でもあったので、私の話を真剣に聴き入り、最後にこういった。

「櫻井君、それはきみにとって、間違いなく太宰だよ。もうこれ以上、本物かどうかなど、調べてはいけない。彼には年譜があるので、ほとんど足跡はわかっている。しかし、実はその数日間のことはわかっていない。だから、これ以後は絶対に調べてはいけない。きみは太宰治と間違いなく、数日間を過ごしたのだよ」

私はこの伊馬春部先生の言葉通り、それ以後、太宰治の足跡を調べてはいない。そして、いつしか私は、あの日、笑顔で迎えてくれた和服の女性は太田静子《しずこ》だった、と信じるようになっていた。太田静子は太宰に、華族の日常を教えた愛人である。それが名作『斜陽』（岩波文庫）を生んでいる。

この太田静子は太宰治の子を生んでいる。作家の太田治子がその人だが、不思議な縁はつづくもので、私が六十代の頃、彼女とちょくちょく一緒に、講演して歩くようになった。

そのときに、この温泉での話をしたのだが、彼女は実にユーモラスで、私に向かい、

「ちょうど櫻井さんが二人に会った晩に、私ができたのよ」

と、まじめな顔で冗談をいうような女性だった。

松本清張を推した作家たち

私は学生時代、若い年齢にしては意外に古臭く、芥川龍之介や、劇作家の真山青果《まやませいか》に夢中になっていた。真山の名前は、いまでは知る人もいないかもしれないが、歌舞伎で有名な『元禄忠臣蔵』の作者である。

木々高太郎《きぎたかたろう》の探偵小説も好きだった。木々はもともとは慶應義塾大学医学部の名誉教授で、本名を林髞《はやしたかし》といった。この林を二つに分けて「木々」とし、「髞」を高太郎としてペンネームとして使っていた。「髞」ではむずかしすぎて、ペンネームには合わなかったからだった。

この木々はすでにこの頃、探偵小説は古い、推理小説と呼ぶべきだと主張していて、松本清張のこの小説こそ〝推理小説だ〟として、高く評価していた。

〝この小説〟とは、他でもない。『或る「小倉日記」伝』である。

木々は親切にも、新人の松本清張を「三田文学」の同人として、いつでもこの雑誌に作品が書けるように、配慮してくれたのだった。

作家にとって発表の場をもてることほど幸せなことはない。

「三田文学」は、慶應義塾大学の文学部を中心に、一九一〇年（明治四十三年）に創刊された文芸雑誌である。初代主幹は、慶應出身の永井荷風《かふう》であり、森鷗外《おうがい》、芥川龍之介ら既成の作家に発表の場を提供するとともに、久保田万太郎、佐藤春夫など、慶應義塾塾生の弟子たちを多く育てた。

その「三田文学」の同人にしたというのは、それだけ木々が松本清張の作品に期待していたということだろう。しかし、尋常小学校高等科しか出ていない清張さんにとって、日本の上流階級の牙城《がじょう》である慶應大学系の「三田文学」は、腰の座りのいい雑誌ではなかった。木々が同人を退《や》めると同時に、清張さんも同人ではなくなった。

とはいえ、木々高太郎はこの時期の松本清張にとって、非常にありがたい存在だったと思う。

実はこの時期に、もう一人、新人の彼を押し出した作家がいた。永井龍男《たつお》という作家だ。いまはもう、この名前を知る人は少なくなってしまったが、作家として文化勲章も取っている。また、文藝春秋の専務取締役まで務め、芥川賞、直木賞を裏方として支えた人でもあった。

私より二十七歳も上だったので、編集者としても雲の上の存在だった。

それほどの人でありながら、永井さんは松本清張と同じように、小学校高等科しか卒業していない。それだけの勉強しかしていないのだが、文学賞の名を並べたら書き切れないほどの受賞歴をもつ。

松本清張の受賞回のときは、直木賞の選考委員をしていたのだが、永井は「この作品は直木賞というより芥川賞向きではないか?」と述べて、賛成多数で芥川賞に回るという、珍しい経過を辿《たど》っていた。

これは現在の二賞の同日選考と違い、当時は直木賞と芥川賞の選考日が離れていたので、できた技でもあった。そして永井の慧眼《けいがん》通り、芥川賞を五味康祐《こうすけ》と同時受賞という形になっていったのだ。まさに清張さんにとって、最高の選考委員といっていいだろう。

「時の氏神」という言葉がある。「喧嘩の最中に、最高の仲裁人が現れる」という意味だが、こちらは喧嘩どころか「芥川賞」という、作家にとって最高最大の文学賞の選考に際して、それまでまったく知らなかった二人の援助者が現れたのだ。

これは一種の奇跡というべきで、私は月刊「文藝春秋」の選考経過などで多少この裏話を知っていたが、これらの幸運が、その後、私の身にも振りかかってくるとは、まったく思ってもいなかった。

ところで、五味康祐の正しい表記は「五味康祐《やすすけ》」である。しかし、当時は出版社によって「五味康祐」として出版されることもあった。五味は純文学作品では「五味康祐」を使い、それ以外では「五味康祐《こうすけ》」で通していた。本書では、友人としての親しみをこめて「康祐」と表記させていただくことにした。

松本清張と五味康祐

外語大のロシア語学生の私は、国立国会図書館に入り浸って、平安朝と徳川時代を研究していた。実は、このことが間もなく私の運命を急転回させる理由になるのだが、そんなことは知る由もない。たしかにロシア語の学生が、日本歴史に没頭している図は異色だったかもしれない。

ただ私はロシア文学でも近代文学ではなく、初めて文字となった十一、二世紀の「年代記」に興味を抱いていたので、歴史学を専攻するのが正しかったのかもしれない。

そんなとき、私は「文藝春秋」誌上で、松本清張の『或る「小倉日記」伝』と、五味康祐の『喪神《そうしん》』(『芥川賞全集』第五巻、文藝春秋)の二作を読んだのだった。一九五三年、第二十八回芥川賞受賞作である。この二作は、私に強い衝撃を与えた。それまでの受賞作と比べて、きわだって新しい文体であり、その構成力もずば抜けていると思ったのだった。

たしかに歴代の芥川賞作品には、すぐれた作品が多い。一九五〇年（昭和二十五年）の安部公房《こうぼう》の『壁』（新潮文庫）にせよ、翌年の堀田善衛《ほったよしえ》の『広場の孤独』（新潮文庫）にせよ、これまでの日本文学の枠を大きく超えて、賞賛の嵐となったが、外国文学を学んでいる者にとっては、それほど驚くほどの作品ではなかった。

発想からいえば、カフカがこの当時、群を抜いた存在だったし、カミュ、サガンなど、世界文学をリードする作家が続出していただけに、むしろ小粒に思えたものだった。

ところが松本清張と五味康祐は、むしろ日本に向けて視点を深めている。また松本清張の文章は平明であり、逆に五味康祐は戦後初めて出てきた美文調がみごとに、その内容にマッチしていた。

私はこの二作を読み終わったとき、即座に作家の道を断念した。到底この二人に匹敵するほどの作品は書けない。まず文章力だけでも、圧倒的に力倆《りきりょう》が違うと思ったのだ。これはのちに、三島由紀夫の作品を読んだ際の印象と似ていたように思う。

このことを私は、「作家群」の同人であり同じロシア語仲間である原卓也に、すぐ話している。すると原は即座に「それなら講談社を受けろ」と、就職をすすめてきた。

原卓也はのちにロシア文学の名翻訳家となり、母校、東京外国語大学の学長にもなった男だが、父親の原久一郎は、トルストイを日本に紹介した著名なロシア文学翻訳家だった。

彼は「おやじの添え書きをもって、講談社に行け」と、親切にもすすめてくれた。『トルストイ全集』は当時、講談社から出ており、「もしかすると、この添書《てんしょ》が利くかもしれない」というのだ。この原のすすめがなければ、松本清張、五味康祐の二人の天才作家に出会うことはなかったろうし、この二人の作家の進んだ道も、相当違ったはずだ。

運命が動き始める

その年、一九五三年（昭和二十八年）の講談社の受験者数は一千二百名を超えていた。私の実力では到底合格しそうもなかった。だが幸運にも最終面接まで行き、役員面接も「原久一郎先生からこのような推薦状を頂いています」という野間省一社長の言葉もあって、実は一回合格したのである。

ところがその後、私に「肋膜炎《ろくまくえん》の疑いがある」という検査結果が出たというので、野間省一社長から直々《じきじき》のお手紙を頂き、「一度出社しなさい」ということになった。

東京外語大の一学生に、異例の通知だった。

講談社では社長応接室に通された。この講談社の社屋は、一九三四年（昭和九年）

に竣工したもので、ギリシャ神殿風の荘重さをモチーフにしている。実際、受験中の一学生が四階の社長室のある階に行くと、秘書との対応だけでも、緊張で身が引きしまる思いだった。

ここで私は野間社長から、「関係会社の光文社に行くように」という温かいお言葉を頂いたのだった。当時の光文社はこの講談社の二階に間借りしており、私はその足で、常務の神吉晴夫《かんきはるお》を訪ねることになった。

いまでこそ光文社は大出版社だが、その頃はまだ、親会社の社屋に間借りしている身分だった。のちにベストセラーメーカーと謳《うた》われた神吉晴夫も、この時期は雌伏《しふく》の時期だった。

神吉常務は「いくら親会社の社長のお声がかりだからといって、このまま入れるわけにはいかん。作文を書いて来い」ということで、この日は一旦帰ることになったが、いま振り返れば、どこに見どころがあったのだろうか?

しかしこの一連の流れは、あとから思い返すと、徐々に私と松本清張、五味康祐との距離を縮めていたのだった。

作文には「田宮虎彦論　彼の時代小説について」という「落城」を主とした二十枚ほどの論文を提出した。このとき光文社の役員の中から「外語大でロシア文学をやりながら、ここまで時代小説を読み込んでいる学生は珍しい。これは小説担当として使える」という声が出たので、改めて光文社に入社が決定した。

この入社時に、今度は光文社で肋膜炎の再検査が行われたが、「問題なし」という診断だった。私はこの頃から、医師の診断に疑問をもつようになった。講談社と光文社での検査は、一ヵ月も開いていない。それがまったく相反する結果となっているのだ。

仮に私が講談社に入社していれば、松本清張との出会いは、百パーセントなかっただろう。なぜなら当時の講談社では、入社して編集部に配属が決定すると、半年間は校閲部で勉強することになっていたからだ。

私の同期生は六人いたはずだが、のちに同じく女性誌部門で活躍した平賀純男が頭角を現したのは三十代も後半になってからだった。平賀は江戸時代の鬼才、平賀源内の血筋だといわれていた。やはり才能は、遺伝子として継承されるのかもしれない。

その点、光文社は中型出版社で、私の社員番号は七十番だった。

この年、私と一緒に入社したのは、東大出身の伊賀《いが》弘三良《こうざぶろう》と、東北大出身の藤岡俊夫である。国立大学卒業生が三人もいっぺんに入社したので、将来の幹部候補生が入ってきた、と社内では噂されていた。

伊賀はのちに大ベストセラー『ノストラダムスの大予言』（五島勉 著）を出し、祥伝社の社長となった。藤岡は、細木数子を世に出した張本人である。

この同期たちの偉業を連ねれば切りがないが、二人の存在が私にも力を与えてくれた。私たちは、いまになって思えば、出版界のいい時代をともに駆け抜けてきたといっていいだろう。

ただし、私たち三人は、一九七〇年（昭和四十五年）に起きた労働争議によって、役員総辞職に追い込まれ、光文社を退職することになる。そうして祥伝社を起ち上げたのだが、そのときにも清張さんは力になってくれた。

第二章

作家、松本清張の誕生

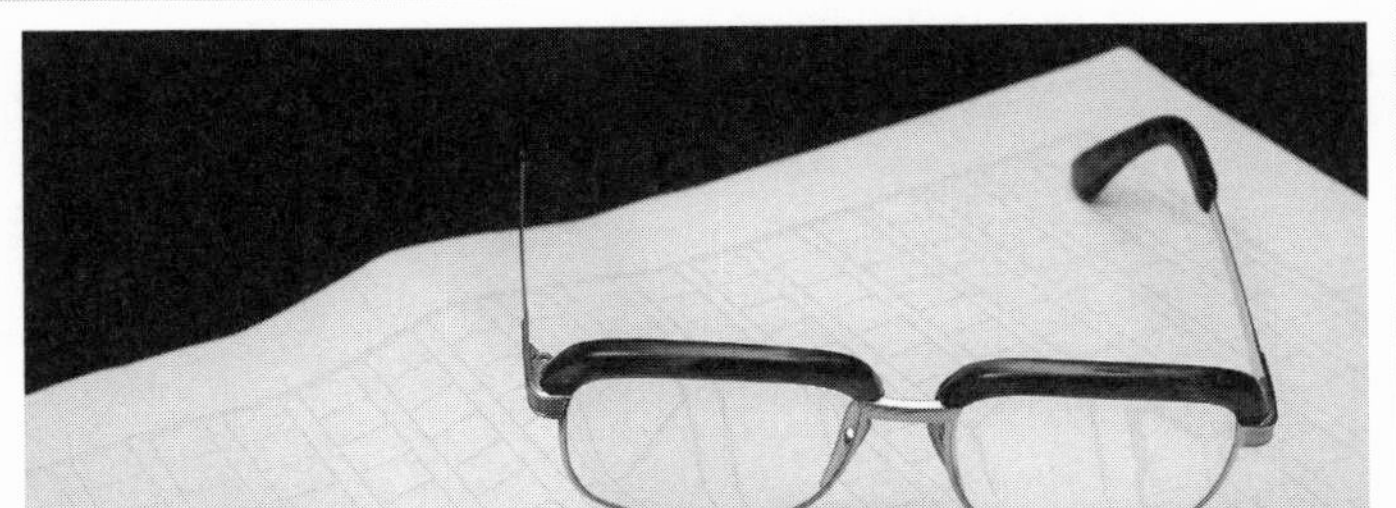

月刊「面白倶楽部」編集部

光文社で私が配属されたのは「面白倶楽部」という月刊誌の編集部だった。ちなみに同期の伊賀君は出版局、藤岡君は営業局だった。

この年はなぜか五月一日が入社日だった。社会状況がそうさせたのか、それとも光文社だけの措置《そち》だったかもしれない。月給は一万円。世間では大学新卒は九千円が標準といわれていたので、外語大の同期からはうらやましがられたのを覚えている。

この頃の光文社は、いまの状況とはまったく違っていて、ドル箱は「少年」「少女」という月刊誌だった。月刊「少年」には「鉄腕アトム」が連載されていた。いまでは誰も知らないだろうが、手塚治虫はこの雑誌を中心に活躍していたのだった。

また月刊「少女」も、のちの「女性自身」を創刊した黒崎勇編集長の時代で、たしか七十万部ほどの大部数だったように思う。

出版部はまだ「カッパ・ブックス」の創刊前で、四六判のベストセラーが出始めた頃だった。そんな中で唯一、赤字スレスレの雑誌が「面白倶楽部」だった。といっても編集部員九人という、月刊誌としては比較的大きい所帯である。

この「面白倶楽部」という雑誌は、もともと講談社の四大大衆雑誌の一つだった。「キング」「講談倶楽部」「面白倶楽部」「富士」がそれだが、マッカーサー司令部は、この講談社と主婦の友社を、青年男女の戦争意識を鼓吹《こすい》した出版社として、解体を目論《もくろ》んでいたようだ。

そこで講談社は、光文社と世界社という子会社をつくり、そこにそれぞれ「面白倶楽部」「富士」の二誌を割りふったのだ。

念のためにいえば、世界社はその後つぶれたが、当時のK社長は講談社を代表してフジテレビ創立に携《たずさ》わり、常務となっている。このK社長夫人は、直木賞としてその名が残っている、作家の直木三十五の妹さんといわれていた。このとき「富士」の名を惜しんでフジテレビとした、という話を講談社から聞いたが、定かではない。

いわば「面白倶楽部」は、倶楽部雑誌としては名門であり、直木賞への登竜門の一つでもあった。

私はこの雑誌の最初の編集会議で、

「松本清張さんと五味康祐さんに書いていただきたいと思います」

と、私としての初のプランを提出したのだった。

このとき会議室が爆笑の渦となったことを、いまでも私は忘れていない。屈辱《くつじょく》というより、なぜ皆が一斉に笑ったのか、理由がわからなかったのだ。

「きみはまだ芥川賞というものが、どういう賞かわかっていないな？」

「この雑誌は娯楽雑誌だよ。その雑誌に純文学作家が書くと、本気で思っているのか？」

「会ってもらうことさえ、あり得ないぞ」

正直にいうと、私は芥川賞が純文学だとは思っていなかった。それは私自身もいつか狙《ねら》いたいと思っていたし、第一、『或る「小倉日記」伝』は、直木賞候補から芥川賞へと回されている。つまりは芥川賞と直木賞は、それほど近くなっている、ということではないか？

しかし諸先輩の意見に対し、チンピラ（新入社員）の私が、それをいう勇気はなかった。そして実際、その後私は、かなり多くの芥川賞作家に手こずることになっていった。その意味では、先輩方の忠告は正しかったのだ。

このとき丸尾文六《ぶんろく》編集長がこういった。

「櫻井君の積極性はすばらしい。われわれは、芥川賞作家というと、最初から書いてくれないとあきらめて、ほとんどどの作家にも当たっていない。せいぜい寒川《さむかわ》光太郎、火野葦平《あしへい》先生くらいのものだ。とはいえ現実に、櫻井君がこの二人の作家に書いてもらうことは、多分むずかしいだろう。

しかし新人に、最初からやめておけ、というのはいけない。とりあえず、櫻井君に当たってもらうのはどうか？」

この裁断がなかったら、私は手紙一本出すことはできなかったろう。その意味で、この編集長の裁断の仕方は、のちに私が編集長になったときにも、大きく役に立つことになった。

一通の手紙が運命を変える

私は勇躍《ゆうやく》、松本清張と五味康祐の二人に手紙を書いて、編集長に見てもらった。この一九五三年（昭和二十八年）当時を振り返ると、まだ個人宅に電話はほとんど引かれていなかった。

そんな話を書いても、若い人たちには意味がわからないかもしれない。電話というのは、それほど高価なものであり、当時の日本の電信技術では、一軒一軒、電話をつけるのは不可能だった。また日本という国に、それだけの予算はなかった。

商店や医師宅には優先的に引かれていたので、そのお宅に電話して、呼び出してもらうという、いまでは信じられないような時代だった。私が週刊「女性自身」の編集長になった一九六三年（昭和三十八年）でも、職業上、自宅に電話を引いてほしいという願い書を出しても、なかなかむずかしかった記憶がある。

ここを正確にいうと、電話は一九五三年（昭和二十八年）から第一次五ヵ年計画がスタートしている。しかしこの計画は、個人宅よりも公衆電話の増設と市外電話の直通化に中心が置かれていたので、昭和三十一年に至っても、個人宅は充足率が三十パーセントに過ぎなかった。

松本清張の初期の名作『点と線』（一九五八年刊）では、十二通の電報が行き交っているが、同時に電話も重要なモチーフになっている。昭和三十二年（一九五七年）がこの作品の背景になっているが、電報から電話へと移り変わっていく時代として読むと、一層興味が深い。

また昭和二十年代は、戦争の傷痕が大きく、食糧も不足していたので、配給切符という制度だった。この切符がなければ、外食で米食を食べられないのである。

松本清張も五味康祐も貧乏していることは、「文藝春秋」の紹介記事や新聞記事でわかっていた。調べるまでもなく、個人宅に電話が引かれているはずはなかった。そこで松本清張には、勤務先である朝日新聞の西部本社気付で、五味康祐には練馬区石神井の都営住宅宛に「ぜひお目にかかりたい」旨の手紙を発送したのだった。

新人編集者の日常

編集部では全員が興味津々といった顔つきで、この手紙に返事が来るか、いや、来たところで断りの返事に決まっている、といった感じで待っていた。もちろん誰ひとり「書く」という返事が来ることはない、と信じていた。

なぜならこの時期の芥川賞受賞作家の中では、この二人の話題が大きかったので、そう容易《たやす》く書く作家と思われていなかったからだ。もし仮にそうなったとしたら、自分たちが新人編集者に鼻を明かされることになってしまう。

しかしこれは、昼休みや夜の酒場での噂話の類《たぐい》であって、現実の仕事としては、即日私は、大衆小説の大家である村上元三《げんぞう》、山岡荘八、山手樹一郎《きいちろう》、海音寺潮五郎《かいおんじちょうごろう》といった、売れっ子作家たちのいわゆる〝原稿取り〟になっていた。

〝原稿取り〟とは、先輩編集者の依頼した原稿を、締切の日に受け取りに行く作業である。

「お原稿を頂きにあがりました」

と、各作家のお宅を回るのだが、大先生となると、原稿取りが何社も待っているので、頂くのがそう簡単ではない。流行作家のお宅では、編集者用のふとんも用意してあって、一晩そこで寝ているうちに、朝になると、原稿を頂けるというシステムになっていた。

一つにはこの当時、タクシーが街を流しているということは、めったになかったし、また配給切符で腹を減らしている編集者に、食事を提供するという、作家側の配慮もあったと思う。

正直なところ、こんなにおいしい食事を頂いて、温かいふとんでぐっすり眠っていて、いいのだろうか？　と心配になったほどだった。しかし、一旦社に帰ってしまうと、締切の順番が飛ばされてしまうので、先生のお宅でがんばるしかないのだ。

〝原稿取り〟の身分では、先生に直接お目にかかることは、めったにない。仮にあったとしても、社名と誌名はわかってくれるが、名前を覚えてもらうまでには至らない。ところが思いがけないことに、新人の私の名前が急速に、作家や画家、それに各社の編集者のあいだに広まっていったのである。それは「将棋の強い新人が光文社に入ってきた」という噂だった。

私は現在でこそ素人四段だが、それは名目上であって、むしろ二十代のときのほうが、実力的には強かったのではあるまいか？　それは、私が東京の下町出身というのと無縁ではなかった。

私は時代ものによく出てくる墨田区本所《ほんじょ》の出身である。この下町には老人が多く、夏ともなると、夕涼みがてら縁台将棋が盛んに行われていた。

私は五歳の頃から、縁台将棋で街の顔役たちに鍛《きた》えられたせいか、そこそこに指すほどになっていた。しかしそれが社会に出て、通用するほどの強さであるかどうかは、まったくわからなかった。ところが作家のお宅で待っているあいだは、せいぜい他社の編集者たちと、将棋で時間をつぶすしかない。マージャンをやるわけにはいかないし、そんなに多くの編集者がいっぺんに待っているわけではない。

このとき、私はほとんど負け知らずだったので、入社して一ヵ月もすると、作家や画家たちからお声がかかり、一躍私は〝有名人〟になってしまったのだ。

芥川賞作家と直木賞作家の違い

驚いたことにそんな中で、松本清張と五味康祐のお二人から封書が届き、いずれも「会う」という返事だったのだ。

ただし松本清張のほうは、いまは小倉から離れられないので、近々上京の折にお目にかかりたい。その日取りはまたお知らせする、という丁重なものだった。

それに対し五味康祐からの返事は、六月〇日の午後に、自宅にお越しいただきたい、という内容だった。二人とも原稿を書くとはいっていないが、好意的なことは確かだ。

「面白倶楽部」編集部に衝撃が走った。まだ学生の青臭い文学臭の抜けない新人が、入社一ヵ月だというのに、何人かの有名作家や画家たちから、将棋を教えに来てくれという誘いを受けている上に、自分たちがその無謀さを笑った、芥川賞作家二人から

「会う」という返事をもらったのだ。

もちろん会ったからといって、原稿を書いてくれるかどうかはわからない。だが、これまで「面白倶楽部」は、直木賞作家までしか書いてもらえなかったのだ。直木賞作家といっても芥川賞と同時発表の賞だけに、格は同じようだが、世間的評価はやや劣る。それは純文学という言葉に、いい知れぬ重みを感じるからではあるまいか。

作家の資質が上、というわけではない。正しくいうならば、物語性の豊かな作品が直木賞に回される確率が高い、ということであり、芥川賞はその点、短篇も含む、ということではないかと思う。

編集部では、私が入社する前に、この二人の作家の作品について、会議で大分話されていたという。それは珍しく芥川賞でありながら、松本清張の作品には、森鷗外の小倉での生活を追跡する、という推理性、ドラマ性が組み込まれており、長篇小説が書ける作家ではないか、という結論だったようだ。

ちなみに、この作品は四百字詰め六十九枚であり、五味康祐の『喪神』に至っては、なんと三十枚で、これは受賞作としては、現在までの最少枚数となっている。

また松本清張には『西郷札』という歴史小説があり、二年前に直木賞候補になっている。同じように五味康祐の『喪神』も、伊藤一刀斎と覚しき剣豪を出してきているので、受賞後は時代小説を書いていくのではないか、という論もあったらしい。

芥川賞作家とはいえ、二人とも時代小説を書いていく可能性が高いとすれば、ぜひ欲しい作家であることは間違いない。だが、その「芥川賞」という賞の大きさに、編集部は尻込みしてしまったのだ。

そんな内情などまったく知らない新人の私は、無邪気に二人の名前をあげてしまい、それが意外にも、好意をもって受けとめられてしまったのだ。

作家、火野葦平の親分的存在

松本清張との手紙の往復は、数回に及んだ。その中で清張さんは、東京に出たいのだが、自信がないという意味の手紙を書いてきた。私はそれに対し、そちらにいたのでは、結局は火野葦平先生のような立場になるのではないか、と返事を出した。

これに清張さんは強く反応した。

火野葦平（一九〇七～一九六〇年）とは初期の芥川賞受賞作家で、戦争中の従軍体験を書いた『麦と兵隊』（『土と兵隊 麦と兵隊』社会批評社）は大ベストセラーになったほどだ。この作家は「九州文学」を本拠として、中央に居を移さなかったため、いまでいえば「九州のドン」という立場にあった。

私はそのとき知らなかったが、のちに清張さんの『半生の記』を読むと、火野葦平のことが書かれている。

「その前『週刊朝日』に入選後（筆者註『西郷札』のこと）、私は新聞社の企画部員の紹介で若松市（現・北九州市）の火野葦平さんのもとに時々行った。火野さんは東京と若松とを飛行機で往復していたが、火野さんの家に行くと、いつも北九州の文学好きの人たち、少し露骨にいうと取り巻き連が詰めかけているので、火野さんとはろくに話も出来なかった。そして、その人たちは途中から入ってきた私を何となく白眼視《はくがんし》している様子が見えたので（私の錯覚だろうが）、私は火野さんから遠去かった。しかし、火野さんは親切で、私の小説を出版社に紹介してくれたこともあった。

ずっとのちに火野さんと年末の文藝春秋の文士劇にいっしょに出たことがあるが、火野さんは私を見て、このごろ少し書きすぎるようじゃが、もう少し控えんと身体に悪いぞ、と忠告してくれた。火野さんはそれから間もなく、寒い夜に仕事場で亡くなった。

そういうわけで、私は地元の『九州文学』よりも、妙な機縁から『三田文学』の同人になったわけだが、それも永つづきしなかった。木々さん（筆者註・木々高太郎）が編集から降りられると、私も同人ではなくなった。所詮、どこでもよそ者に過ぎなかった」

（松本清張『半生の記』河出書房新社）

これをいま読む限り、私が「火野葦平のような立場になる」と偶然いった言葉に、清張さんが強く反応した気持ちがよくわかる。九州の小倉にいて、ボツボツ作品を書いていっても、所詮は中央で認められるのは容易ではない。

仮にそこまで上がるにしても、火野葦平のご機嫌を伺う取り巻きにならなければならないのだ。

「自分の性格からして、そんなことはできない」と思って当然だろう。それに火野さんは清張さんより、わずか二歳上という年の近さだった。

私は二十二歳という若い編集者だったが、偶然にも清張さんのこういう心の暗い部分に、立ち入ってしまったのだ。

松本清張が抱いた「よそ者意識」

『半生の記』で自身でも書いているように、松本清張という人物は、まさに終生「どこでもよそ者」だった。

偶然だが、同時に芥川賞を受賞した五味康祐も大阪から出てきて明治大学を除名された、よそ者だった。いわゆる文壇の中央にいる作家たちと満足に話もできないし、そのような会に行こうともしなかった。

私も敗戦直前に、千葉県の九十九里浜近くの町に疎開したが、この時期、疎開者は町でも村でもよそ者だし、学校でも、土地に住む友人はできない。辛うじて疎開者同士が友人になるのだが、高校を終えると、チリヂリになってしまい、結局、私は東京にも千葉にも故郷のない、よそ者になってしまったのだ。

私がこの二人の天才作家に可愛がられていったのには、こんなよそ者意識が互いの琴線《きんせん》に触れたからかもしれない。それは手紙の一行にも表れる。

私は火野葦平の小説が嫌いではないし、入社早々、社に見えた火野先生にもお目にかかっている。だが、私は多くの子分をもつ、親分然としたこの作家の担当になるのは大変だな、と直感したものだった。これは故郷をもっている者と、もっていない者の差ではないかと思う。

私の手紙の一行は、その意味で、松本清張の生涯を決めるものとなった、と私は思っているし、清張さん自身、

「きみが新米社員だなんて、まったく思わなかったよ」

〝これだけはぼくの失敗だった〟と、のちのちまで、このとき、、、、の手紙について苦笑して触れている。

初めて会ったときの驚愕《きょうがく》

私の何通かの手紙が一つのきっかけになり、清張さんから私に「家族共々東京に出ていくので、よろしく」という返事が来た。このときどうしたことか、「櫻井秀勲編集長様」という宛名で届いたのだ。

これが社内で問題になった。ある朝出社すると丸尾編集長から「きみの机に載っていた手紙だ」といって、松本清張名義の封書を見せられた。編集長を騙《かた》って、松本清張先生と手紙のやりとりをしているのではないか、という疑いだった。

もちろん丸尾編集長は、そんなことをまったく疑ってもいなかったが、中には「そうでもしないと、芥川賞作家と文通できるわけがない」と、いっている編集者もいるのだ、ということだった。

清張さんは、私の文字と文章が老成していること、また内容が新人とは思えなかったこと、また「東京に出ていらっしゃいませんか」など、いかにも上位者がものをいっているように思えた、というのだが、実際、上京して初めて会うときに、珍事が起こった。

清張さんが指定してきた場所は、当時、有楽町駅近くにあった朝日新聞東京本社の目の前にあった、喫茶店「レバンテ」の二階だった。これは当然で、地方から東京本社に異動になった社員は、東京の地図を知らないので、誰と会うときでも、ほとんどがここを指定する、といわれていた。

「面白倶楽部」でも、朝日の記者がアルバイトで原稿を書いており、それを受け取るときは、ほぼこの喫茶店となる。私も原稿取りで、何度も行かされていた。いわば朝日の記者のご用達のような店だった。くわしくは失念してしまったが、私のほうから指定したのかもしれない。

ここで私は清張さんと待ち合わせしたのだが、清張さんは私と目を合わせても、無表情でまた別の席に目を移すのだ。初めは私のほかに、もう一人待ち合わせているのかと思い、声をかけるのをためらったが、そうでもなさそうだ。そこで、

「松本さんですか？　櫻井です」

こちらから声をかけると、

「きみが櫻井さんですか？」

と、ひどく驚いたような顔をしている。あまりの若さに落胆したのかもしれない。しかしこれが、二人の出会いだった。このとき清張さんは四十三歳、私は二十二歳だった。「さん」づけで呼ばれたのは、このときが最初で最後だった。

この日から亡くなるまで、清張さんは私と話すときは「きみ」と「ぼく」で通すことになる。私も最初のうちは「松本さん」。のちに朝日新聞社を退職して、作家一本となったときから「先生」と呼ぶことになった。

清張さんは、こういう小さな心遣いを、ひどく喜んだ。芥川賞作家といっても最初はサラリーマンの身分であり、「先生」と呼ばれるのは気が引けるのだ。まして朝日新

聞社の社員にはエリートの気風が強いので、「先生」と呼ぶ声が店内で聞こえたら、あとで何といわれるかわからない。

ところが気の利かない出版社の社員は、そんなことまで気づかない。ときに座が一緒になることがあるが、平気で「先生」を連呼する。そんなときの清張さんは、私の顔を見て〝いかにも困った〟という苦笑を浮かべるのだった。

北九州から東京へ

正式にいうと、広告部の松本清張として東京本社に転勤してきたのは、一九五三年（昭和二十八年）十二月一日である。私との手紙のやりとりは同年五月から始まっていたが、そう簡単に、上京を決断したわけではなかった。

というのも、家族が多かったし、また上司の西部本社営業局長が、転勤に反対していたわけではなく、むしろ東京での成功を危ぶんでいたのだった。その意味では、ありがたい親心といっていいだろう。

この時期、私のところに松本清張から一通のハガキが来た。この辺りのところを、私は『出来ル女ハ本ヲ読ム』（図書館流通センター）という一冊で、次のように書いている。

「編集者と作家の違いは、そのルーズさにあるのではないか、と考えることがある。道徳的なルーズさは作家にあり、記録保存のルーズさは、むしろ編集者にあるようだ。

〝日記さえつけていれば〟

〝あの資料やハガキを保存しておけば〟

という悔いは強い。たとえば、初期の松本清張から届いた一通のハガキには、

『才能のなさに絶望している』

という驚くべき内容が記されていた。もし私がこのハガキを保存していたなら、昭和文壇史を彩るエピソードになっただろう」

作品の年譜を見ると、この一九五三年（昭和二十八年）には——

「梟示抄《きょうじしょう》」（「別冊文藝春秋」二月号）
「啾啾吟《しゅうしゅうぎん》」（「オール讀物」三月号）
「戦国権謀《けんぼう》」（「別冊文藝春秋」四月号）
「行雲《こううん》の涯《は》て」（「オール讀物」五月号、のちに「三位入道《さんみにゅうどう》」と改題）
「死神」（「週刊朝日別冊」時代小説傑作集六月号、のちに「青春の彷徨《ほうこう》」と改題）
「英雄愚心」（「別冊文藝春秋」八月号）
「菊枕　ぬい女略歴」（「文藝春秋」八月号）
「『静雲閣』覚書」（「週刊朝日別冊」九月号）
「権妻《ごんさい》」（「オール讀物」九月号）

「火の記憶」（「小説公園」十月号、旧題「記憶」）

「贋札《がんさつ》つくり」（「別冊文藝春秋」十二月号）

以上の十一篇を発表している。すべて短篇である。

この作品年譜をよく見ると、朝日新聞社員としての肩書をもっている松本清張に対し、同社の「週刊朝日別冊」が二回掲載している。さらに「小説公園」（六興出版社）が一回、それ以外の八本が掲載された「オール讀物」「文藝春秋」「別冊文藝春秋」は、すべて芥川賞を制定している文藝春秋の雑誌であることがわかるだろう。

これは当時、直木賞作家を伸ばすために「オール讀物」、芥川賞作家を育てるために「別冊文藝春秋」が力を入れていた、ということなのだ。いまならば、小説を掲載する雑誌はかなり多い。

講談社、集英社、角川書店をはじめとして、何社もあるが、この当時はまだ本当の意味で、出版界はようやく発展しつつあった、というような時代だった。

第三章

作品はどのようにして書かれたか

運命の一九五三年を振り返る

ここで私が社会人になった年、いみじくもこの一九五三年（昭和二十八年）が、松本清張の名を社会に広めたことになるのだが、その記念の時代を振り返ってみよう。この五三年は、ようやく戦後の混乱期を脱しようとしていた頃だった。

第二次大戦が日本の敗北で終わりを告げると、占領国の連合軍は出版界を戦争鼓吹の犯罪者集団であると断定し、出版社と出版人の交代を目指したのだった。このとき占領軍から戦犯出版社として追放されたのは七十八社、三百十七名の出版関係者、三百三十五名の執筆家がパージ（追放）となっている。

こうした空前の騒ぎの中で、それまで出版と何の関係もなかった人々が、粗悪な本と雑誌を出したのだが、活字に飢えていた国民によって、出せば売れるという出版インフレが起こっていったのだった。

しかしそんな風潮が長くつづくはずはなかった。日本全体の不景気と、用紙難、金融難も重なって、戦後に、雨後の竹の子のように生まれた出版社はバタバタと倒れていった。しかし、この不況による倒産劇は、日本の出版界にとって、実に幸運な転換期になったといえよう。

一九五〇年（昭和二十五年）六月、朝鮮戦争が起こった。この戦争は約一年つづき、その後二年間にわたって休戦協定会議がつづくのだが、この間、中国本土爆撃を主張するマッカーサー元帥は、トルーマン大統領によって、突然解任されたのだった。

この動乱は日本に特需をもたらし、疲弊《ひへい》していた日本経済を、一挙に立ち直らせるほどの好況をもたらした。さらにカストリ的出版状況が終息したあとを受けて、ようやく正常な出版状況に生まれ変わる、きっかけを与えてくれたのである。

一九四八年（昭和二十三年）末に、約四千六百社も乱立した出版社は、その三年後、朝鮮戦争が終わる頃には千九百社まで激減していたが、ここから戦後の日本の出版界は、正常な機能をもつ正常な業界になっていった。

さらにこれも幸運だったのは、マッカーサー元帥が解任されたことだった。この頃のマッカーサーは日本のみならず、韓国にも君臨していたアジアの帝王だった。のちに松本清張は『黒地の絵』で、朝鮮戦争中に起こった小倉市（現・北九州市）でのアメリカ軍の黒人兵集団脱走事件を書いたが、この作品には私のささやかな情報も寄与している。

話はあちこちに飛ぶが、私はこの朝鮮戦争の時期は、東京外国語大学ロシア学科の二、三年生として在校していた。大学には朝鮮語学科はなかった。

この理由を書くと長くなってしまうが、簡単にいうと「朝鮮ハイフマデモ無ク帝国ノ一部ナルヲ其ノ地方ノ言語ヲ以テ外国語中ニ列スルハ其ノ事既ニ理由ナシ」という文部省通達で、朝鮮語は一九二七年（昭和二年）に、大学の前身である東京外国語学校から廃止されていたのである。この言語が復活したのは一九七七年（昭和五十二年）、廃止から五十年目のことだった。

アメリカ軍はそんなことは知らなかったのか、朝鮮語と英語のできる学生を、秘かに通訳として募集してきたのだった。外語大というところは実に奇妙な学校で、その言語学科があろうがなかろうが、たちどころにしゃべれる学生が集まるのである。一種の天才集団だった。

これら学生によって、私たちはいち早く朝鮮国内の戦況を知ることになるのだが、そのうちに、死体処理のアルバイト情報がもたらされてきたのだ。日当は千円とも二千円とも囁《ささや》かれた。この日当は次第に上がっていったが、これによりアメリカ軍が大損害をこうむっていることまで、わかってしまったのだ。

ただしこの米兵の死体は朝鮮から送還されるので、ホルマリン漬けになっており、一日でも処理すると、しばらく大学に来られないほど、ホルマリンの臭気が体についてしまう、というのだ。だが当時の大卒初任給が三千円から五千円程度だったので、破格のバイト料だった。

私たちの周りでは、誰が行ったかはわからなかったが、大学にしばらく顔を見せない学生が、名指しされていたのを覚えている。

この話を清張さんに話したのだ。『黒地の絵』には、この死体処理場が重要なポイントになっているが、私にも「もっとくわしくわからないか」とせっつかれた記憶がある。というのも、この作品は「新潮」の昭和三十三年の三、四月号に分載されたもので、この時期、私はまだ「面白倶楽部」の編集部にいて、週に二回は清張さんに呼ばれて、徹夜でおしゃべりしていたのだった。

特にこの作品は連載後に、私のいる光文社から出版されることが決まっていたので、私は清張さんのいいように呼び出されて、話し相手にされていた。

最後はユーモア小説を書くのが夢だった

どちらかというと松本清張という名は、推理作家としてのほうが強くなってしまったが、もとはといえば歴史・時代小説作家である。芥川賞作品の『或る「小倉日記」伝』以後、『顔』(一九五六年刊)で日本探偵作家クラブ賞を得るまでの三年間に書かれた作品の九割は、歴史ものだった。

この間、推理小説として有名になった作品は「張込み」(一九五六年刊)以外にない。私が便利屋(?)として毎度呼ばれたのも、時代もの専門の編集者だったせいもあったように思う。東京外国語大学のロシア語を卒業したくせに、武田信玄だ、徳川家康だ、柳生石舟斎《せきしゅうさい》だとなると、いっぱしの知識をひけらかしたので、清張さんとしては好都合の若者に映ったのではなかったか。

わが家の本棚には、もっとも初期の『奥羽《おうう》の二人』以後の単行本がサイン入りでズラリと並んでいるが、いまでもほとんど筋を覚えているのも、耳から聞きつつ、一緒になって、登場人物の性格や舞台の設定などを勝手にしゃべっていたからだろう。

清張さんが二十二歳も年下の私を可愛がってくれたについては、一つだけ、性格が酷似していたことによる。二人とも、大の負けず嫌いだったのである。それは将棋を指していて、互いにわかったことだった。数局指して、清張さんは以後、私とはやろうといわなくなったし、私は私で、「一局指しましょう」と挑発しつづけて、そのたびに清張さんの無念そうな顔を見るのが楽しみだった。

清張さんが他の作家と根本的に違った点は、過去の作品をほめても、ちっともうれしそうな顔をしないことだった。ふつうの作家なら、代表作や出世作をもち上げられれば、悪い気はしない。ところが松本清張の真骨頂は、次に何を書くか、自分にはどんな才能が眠っているかの二点についてだけ、生き生きとした関心を示す点にあった。

「内容を聞きたいかね？」

「そりゃ聞きたいですよ」

「じゃ今夜来たまえ」

私と清張さんの会話は、ほとんどこんなものだった。こうして他の雑誌に発表する次回作を聞きつつ、私は清張さんの中から、次に掘り起こしたい才能をなんとか見つけようとしていた。

「歴史、推理、恋愛と来たら、残るのはユーモア小説しかありませんね」

「きみもそう思うかね？」

「昭和初期の佐々木邦《くに》になれる作家は、先生以外にいないんじゃないですか？」

「うれしいことをいうね。いま、新しいコーヒーを用意させるよ」

佐々木邦とは、一九三六年（昭和十一年）にユーモア作家倶楽部を結成し、日本のユーモア文学に尽力した、当時の人気作家である。

結局、清張さんはユーモア小説の路線は敷けなかったが、この分野が二人のあいだの真剣な夢であったことは、誰も知らない。

それにしても歴史・時代ものの分野も厖大だ。評論家にしても、この作品群をどう分類するかで悩んでいるように見受けられる。大名もの、庶民もの、無宿ものに分けることもできるし、為政者《いせいしゃ》ものと虐《しいた》げられた下層ものに分別することもできよう。ここでは、まずもっともわかりやすく、短篇群と長篇群に分けて筆を進めていこう。

どの作家にも見られる傾向だが、短篇を書いていくうちに、これは長篇にしたほうが面白くなる、と感じる題材がある。編集者はそこを見抜くわけだが、松本清張は賢明にも、作家として一本立ちした四、五年のあいだにそういうテーマをいくつも発見している。

まず私が担当した短篇「きず（のちに「疵《きず》」と改題）」（一九五五年）から『野盗伝奇』（一九五六年）が生まれている。これは伝奇小説の第一作だが、その頃伝奇小説というと、三角寛《みすみかん》、角田《つのだ》喜久雄あたりしか見当らなかったので、非常に着眼がよく、以後松本文学の本流となっていった。

つづいて「小説新潮」に書いた短篇「蓆《むしろ》」（一九五六年）は、将軍家に献上するお茶壺道中を扱ったものだが、のちに最長篇小説となった『西海道談綺《さいかいどうだんき》』（一九七一年）の主人公、太田恵之助を活躍させるきっかけの場面に、この題材を使っている。

さらに傑作『無宿人別帳』（一九五七〜八年）は短篇十作による連作だが、この中の「流人騒ぎ」（一九五八年三月）から大作『かげろう絵図』（一九五八年五月〜五九年十月）が生まれたと考えていいだろう。

松本文学のテーマは壮大な山脈にたとえられるが、このように実は効率的につながっているのである。

たとえば芥川賞をとった翌年、六畳一間と四畳半二間という借家に、家族八人を引き連れて上京した頃は、なにがなんでも稼がなければならず、学研の「中学コース」という雑誌に、武田信玄を主人公にした小説『決戦川中島』を書いた。

しかし清張さんはこの小説から、次に「甲府在番《ざいばん》」（一九五七年）という短篇を書き、さらにこれを下敷に、長篇『異変街道』（一九六〇〜六一年）を書き上げている。

「作家は絶えず旅をすべきである」

この方法論を編み出した背景には、芥川賞をとってからの数年間「私は閑《ひま》だったので、調査には充分に時間をかけることができた」と清張さん自身が書いているように、一挙に流行作家にならなかったことが、幸いしたように思う。

「作家は絶えず旅をすべきである」というサマセット・モームの言葉を戒《いまし》めとしていた松本清張は、旅だけでなく現場取材も丹念だったし、電話取材も巧みだった。これらの取材力を駆使して、短い一篇を書く場合でも、惜しみなく時間、労力、資料を注《つ》ぎ込んだのである。

もともと松本清張が、一気に流行作家になれなかったわけは、短篇作家と見られていたこと、五味康祐との抱き合わせ受賞だったこと、さらにこの期の受賞を逃がした作家の中には、近藤啓太郎、澤野久雄、小島信夫、安岡章太郎、吉行淳之介、武田繁太郎など、戦後文学を形づくった錚々《そうそう》たるメンバーが揃っていたことで、むしろこの作家たちが先に活躍し始めた、という背景があった。

しかし松本清張には、作家の資質は才能ではなく、

「原稿用紙を置いた机の前に、どれくらい長く座っていられるかという忍耐強さ」

という特異な考え方があった。

後年、私が独立して作家になろうと決意したとき、清張さんは「一日十六時間、机の前に座れ」と私に指示している。私はそれを十三時間に値切るという珍問答を交わしたほどだった。

この忍耐力が、巨大な作品量を生み出した起爆剤になったわけだが、そのもとが初期の歴史短篇群にあることは、誰も否定できないだろう。

昭和三十八年（一九六三年）に講談社から出た『松本清張短篇総集』という、二段組千頁を超える豪華本がある。ここには歴史、推理、考古学ものの短篇で、作者自身気に入った作品を網羅しているが、ぜひこれらの短篇を読んでいただきたいと思う。

「啾啾吟」「特技」「山師」「腹中《ふくちゅう》の敵」「ひとりの武将」「陰謀将軍」「佐渡流人行《るにんこう》」「怖《ふ》妻《さい》の棺《ひつぎ》」などがそれだが、中でも「腹中の敵」は作者本人が好きだったものだし、「佐渡流人行」は、全短篇の中でもベスト10に入るだろう。

これらの作品は、いくつもの単行本、文庫に現在収録されているので、ゆっくり味わってはどうか？

さらに私があげたい好短篇としては、まず『彩色江戸切絵図』（一九六五年刊）と題された六篇「大黒屋」「大山詣《もう》で」「山椒魚」「三人の留守居役」「蔵の中」「女義太夫」がいい。捕物帳の形を借りているので、推理的興味も楽しめよう。

つづいて次の七点などは切れ味もよく、一級品といえる。

・「通訳」（『殺意（松本清張短編全集4）』一九六四年刊）
・「破談異変」（『鬼畜（松本清張短編全集7）』一九六四年刊）
・「白梅の香」（『西郷札（松本清張短編全集1）』一九六三年刊）
・「くるま宿」（『西郷札（松本清張短編全集1）』一九六三年刊）
・「いびき」（『遠くからの声（松本清張短編全集8）』一九六四年刊）
・「流人騒ぎ」（『無宿人別帳』一九五八年刊）
・「左の腕」（『遠くからの声（松本清張短編全集8）』一九六四年刊）

それぞれの作品は、これまでにあげた作品同様、全集や文庫などに収録されている。

（　）内にあげた書籍は巻末のリストに合わせたものである。

中期までの時代小説に名作が多い理由

『小説日本藝譚《たん》』（一九五八年刊）は、評伝ではなく、あくまでも小説だが、名作中の名作として推《お》したい。作者はこの作品で千利休、世阿弥など十人の芸術家（書籍化の際、連載中の「鳥羽僧正」「北斎」は外している）を描いている。

これ以外にも坪内逍遥《つぼうちしょうよう》を書いた『文豪』（一九七四年刊）、岸田劉生《りゅうせい》の晩年を描いた『岸田劉生晩景』（一九八〇年刊）などの天才芸術家を描いたものがあり、それぞれ筆が冴えている。

長篇の最高傑作は、週刊誌の連載としては二年八ヵ月という異例の長期にわたった

『天保図録』（一九六四年刊）だろうか。時の老中、水野忠邦とその懐刀《ふところがたな》、鳥居耀蔵《ようぞう》による天保の改革を巡り、壮大な陰謀絵巻が展開するが、その前に清張作品の場合は、年代別に並べていかないと、作者が何を考え、何を書こうとしたかが読みとれないのではあるまいか。

私は清張さんの作家としてのスタートから、すべての作品を身近に俯瞰《ふかん》する幸運に恵まれたが、中でも一九六二年（昭和三十七年）から一九六五年（昭和四十年）に最高の作品が書かれた、と思っている。筆力といい、構想、作品価値、枚数といい、頂上に達したのではないか。この時期以前は、昇り竜の勢いで駆け上ったのに対し、この時期以降は小説家としてより、文化人的活躍が多くなり、作品も外国もの、古代もの、宗教もの、政治ものがふえていったのである。

もちろんその中にも名作はあるが、なぜそうなっていったのだろうか？

新人時代からつき合っていた各出版社のすぐれた編集者たちが、ほとんど全員役職者になってしまい、各社とも若手編集者に交代したからなのだ。

そうなると〝清張さん〟ではなくなり〝清張先生〟として巨大な作家を目の前にするので、編集者も畏《おそ》れ多くて、くだらないおしゃべりができなくなってしまったのだ。これはなにも松本清張に限らず、ほとんどの作家の作品が、初期から中期に傑作が揃っていることと無縁ではない。

私はノーベル文学賞受賞後の川端康成先生と仲よくなったが、この時期は他の出版社の編集者たちは怖がって、新たに原稿依頼に行くという人はいなかったのだ。

私も実際に川端先生に会ってみて、異常なほどの畏怖《いふ》感を抱いたが、実際には、皇室と芸能人、若い女性の話となるとたいへん盛り上がった。

私はいつもそれらの話題をもっていくので、大喜びで迎えてくれるのだった。つまり、作家のイメージというのは、周りが「怖い大作家」にしてしまうことがあるということだ。

元に戻って作品群を見ると、昭和三十一年（一九五六年）の『野盗伝奇』（単行本の刊行は一九五七年）に始まり、『かげろう絵図』（一九五九年刊）、『異変街道』（連載一九六〇～六一年、書籍化は一九八六年刊)、『天保図録』(一九六四年刊)、『乱灯江戸影絵』連載一九六三～四年)と進み、一九六四～六五年の快心作『逃亡』(一九六六年刊)、『鬼火の町』(一九八四年刊)に至る、時代小説山脈の面白さがわかるのではあるまいか。

『乱灯江戸影絵』は当初「大岡政談」と題されて、朝日新聞夕刊に連載されたが、出だしの部分が不満だといって、昭和六十年(一九八五年)まで単行本にはならなかったものだ。それを加筆修整し、題名も変えたが、筆に勢いがある力作だ。

短篇連作でもこの時期に書かれた『彩色江戸切絵図』(一九六五年刊)は実にみごとで、中でも「山椒魚」は評価が高い。また家康から十一代将軍家斉《いえなり》までの大奥と側室を扱った、長篇連作とでもいうべき『大奥婦女記』(一九五七年刊)も初期のものだが、いまでも相当売れている。やはり読者は目が高い、というべきか。

これに対して昭和四十二年(一九六七年)に書かれた『紅刷り江戸噂』(一九六八年刊)以降、昭和四十六年(一九七一年)までは、時代小説としてはこれといって目

郵便はがき

162-0816

恐れ入ります
切手を
お貼りください

東京都新宿区白銀町１番１３号

きずな出版 編集部 行

フリガナ

お名前　　　　　　男性／女性
　　　　　　　　　未婚／既婚

(〒　　　-　　　)

ご住所

ご職業

年齢　10代　20代　30代　40代　50代　60代　70代～

E-mail

※きずな出版からのお知らせをご希望の方は是非ご記入ください。

愛読者カード

ご購読ありがとうございます。今後の出版企画の参考とさせていただきますので、アンケートにご協力をお願いいたします(きずな出版サイトでも受付中です)。

[1] ご購入いただいた本のタイトル

[2] この本をどこでお知りになりましたか?

1. 書店の店頭　2. 紹介記事(媒体名:　)
3. 広告(新聞/雑誌/インターネット:媒体名　)
4. 友人・知人からの勧め　5.その他(　)

[3] どちらの書店でお買い求めいただきましたか?

[4] ご購入いただいた動機をお聞かせください。

1. 著者が好きだから　2. タイトルに惹かれたから
3. 装丁がよかったから　4. 興味のある内容だから
5. 友人・知人に勧められたから
6. 広告を見て気になったから
(新聞/雑誌/インターネット:媒体名　)

[5] 最近、読んでおもしろかった本をお聞かせください。

[6] 今後、読んでみたい本の著者やテーマがあればお聞かせください。

[7] 本書をお読みになったご意見、ご感想をお聞かせください。
(お寄せいただいたご感想は、新聞広告や紹介記事等で使わせていただく場合がございます)

ご協力ありがとうございました。

立った作品はない。そしていよいよ晩年の娯楽大作『西海道談綺』(全五巻、一九七六年刊)にかかっていく。この一本に松本清張は、これまでの知識の集積をぶつけたといっていいだろう。私に全五冊の署名をしてくれたときの、得意そうな顔はいまでも忘れない。じっくり読んでいただきたい。

なおこの作品のあと、平成四年(一九九二年)に「江戸綺談　甲州霊獄党」がスタートしたが、作者の死去で未完に終わってしまった(のちに「小説新潮」二〇〇九年十二月号に遺稿とともに掲載された)。甲州ものの総決算だっただけに惜しまれてならない。

時代小説の復権

日本がアメリカとサンフランシスコ講和条約を結んだのは、一九五一年(昭和二十六年）九月である。その五ヵ月ほど前にマッカーサー元帥は解任され、アメリカへと帰っていった。

これによって、日本の言論はずいぶん自由になった、といっていいだろう。講和条約の発効は翌年の四月だったが、これにより全面講和は無理だったが、曲りなりにも独立国家に戻ったことになる。占領軍への批判も自由にとはいかなかったが、それでも、少しずつできるようになっていった。

時代小説の復権もこの頃だった。それまでは軍国主義を鼓吹する時代小説、封建主義を想起させるもの、さらには日本刀を使って、それを主たるテーマにするものなどは、小説だけでなく、時代ものの映画でも、禁止とはいわないが、強い制限を受けていたのである。

その中で村上元三の『佐々木小次郎』（講談社）だけが昭和二十四年、朝日新聞夕刊に一年間連載された。これは剣豪小説であり、マッカーサー指令に違反していると思われたが、朝日新聞という掲載紙の力だったのかどうか、出版界は垂涎《すいぜん》の様子でこれを眺めていたといわれる。

こういった作品の事情は、朝日新聞に在籍中の松本清張としては、当然関心をもっていたと思われる。なぜなら、一九五〇年（昭和二十五年）に行われた「週刊朝日」の「百万人の小説」に応募した作品は「西郷札」だったからだ。

仮にこの作品が、数年前に書かれていたら、日の目を見たかどうかわからない。その点、作家のデビューには、時代という背景も重要なのだと思う。松本清張にしても『黒地の絵』（一九五八年刊）を初めとして、以後作品を通して、日本占領中の米軍に対して強い批判を加えていけたのも、時代が味方したからだと思う。

そしてそれは、この私自身にもいえる。もともと東京外国語大学のロシア語学生は、ラジカル思想の持ち主が多く、就職がむずかしいといわれていた。就職が有利な業種としては、外務省、商社、新聞社、放送局、出版社に限られていた、といえるかもしれない。

そんな中で、仮に就職できなければ、翻訳をやりながら小説を書いていこう、と結構のんきに考えていた節がある。実際、私は二十歳から二十一歳にかけて、短篇小説だけはずいぶん書いていた。これらの作品はいまでも保存しているが、青臭くて読めたものではない。

ただ大学構内には、共産党細胞も多くいたし、そうノンポリでもいられない。そこで集会のある日は、当時、上野公園内にあった国立国会図書館に行っては、歴史書を読み耽っていた。

当時この図書館には十万点ほどの図書があったが、中でも、平安朝時代の書物にすぐれていた気がする。戦時中に古代の朝廷、皇室、天皇制に関する書物を蒐集《しゅうしゅう》したからだと思う。学生運動から逃げなければ、生涯でこれほどのんびり歴史書に親しむことはできなかったろう。

そして、この時期の勉強と知識が偶然にも、歴史小説によって芥川賞を受賞した、二人の作家と結びつくことになったのである。私は運命主義者であり、現在、早稲田運命学研究会を主宰しているが、この偶然の運命だけでなく、何度も、出版界に行くことなる運命を経験している。

その中の一例だけあげるとすれば、先にも書いたように、十五歳の冬、私は太宰治と覚しき作家と数日を過ごしているのだ。

なぜかこの作家は自分の名前をいわなかった。私はもしかしたら、夫人ではない女性と一緒なので、名を隠しているのかもしれない、と思っていた。私はその空想に興奮して、眠れないほどだった。

昭和二十三年（一九四八年）の六月のことだった。私は外語大を受けるべく勉強していたが、新聞を見ると太宰治の情死のニュースが載っていた。このときの写真もまたボヤけていて、よくわからなかった。もちろん箱根の作家と女性を思い起こしたが、その確信はもてなかった。

私が箱根の作家が太宰であると信じたのは、五味康祐から、太宰治の遺体が発見された六月十九日を命日とした桜桃忌《おうとうき》に誘われ、三鷹の禅林寺まで行って、大きく引き伸ばした太宰の写真を見たときだった。間違いなくあの男だった。昭和二十九年

（一九五四年）、七回目の桜桃忌だった。

このとき、あの作家から「きみは出版社に進んでみませんか？」と、優しくいわれたのを思い出したのだった——。

芥川賞受賞後に何を書くか

松本清張と芥川賞を同時受賞した五味康祐は、文学集団の日本浪曼《ろうまん》派に属していた。この文学集団のリーダー、保田與重郎《やすだよじゅうろう》は戦争を鼓吹したというので、マッカーサー指令で公職追放を受けていたが、彼はその保田の直弟子である。保田與重郎といっても知っている人は少ないだろうが、戦争中は美文の天才として、文学者、作家の憧れの的だった。いまでいえば、三島由紀夫の美文が似ている。それというのも、三島もこの集団の一人だった。

五味は保田の内弟子として、その書斎に入れた一人だが、その美文調を受け継いだみごとな文章を書く。だからわずか三十枚という短篇で、芥川賞を受賞できたのだ。

松本清張の端正で実直な初期の文体とは、百八十度違う。私は編集者になって、初めて、この二人に依頼したのは時代小説だったが、松本清張という作家は、将来現代小説に向かうと、文体から判断していた。

これに対して五味康祐の文体は、剣士を描かせたら右に出るものはいない、と直観していた。その意味で、将来はまったく異なる道を歩くと推測できた。

清張さんが転勤で初めて東京に出てきた頃、私は五味康祐に、芥川賞受賞第一作となる作品を書かせている最中だった。

私は清張さんの質問に、隠すことなく答えていた。

「五味君はきみのところの雑誌に、受賞第一作を書くというのですか？」

驚くというより、呆《あき》れたような声だった。

すでに清張さんはこの年、受賞後の作品として「別冊文藝春秋」に発表していた。

松本清張の芥川賞受賞後の第一作をどの作品とするかはむずかしい。私は「別冊文藝春秋」（一九五三年四月号）に載った「戦国権謀」と思っているが、その翌月、「オール讀物」五月号に掲載された「行雲の涯て」（のちに「三位入道」と改題）とも考えられる。

というのも、この年の前半には四作が発表されているからなのだ。佳品ともいうべき「梟示抄」は、「別冊文藝春秋」に出たものだ。この作品は一九五三年二月号に掲載されており、受賞の前に書かれたことははっきりしている。

一方「オール讀物」に投稿した「啾啾吟」は「第一回オール讀物新人杯佳作第一席」として、一九五三年三月号に掲載されている。これも除外していいだろう。となると「戦国権謀」となるのだが、これはほとんど評判になっていない。

作家として松本清張を見るとき、前半生と後半生では、その性格が大きく変わっている点に注目しなければならないだろう。ところが作品の締切については、ひどくまじめだった。私との長いつき合いの中で、清張さんは締切を一度として遅らせたことはなかった。

いわば自分のビジネスとして、「作品が遅れるのは悪」と考えていた節がある。だから文藝春秋からの依頼を、几帳面に受けたと思われる。

だが現実はきびしかった。ようやく評価された作品は、一九五三年、「文藝春秋」八月号に発表した「菊枕」であって、その間は、可もなし不可もなし、という状態がつづいていた。私に心の不安をハガキで洩《も》らしたのは、ちょうどこの頃だった。

「菊枕」が評価されたのは、主人公が杉田久女らしき女流俳人だったことによる。

この松本清張という作家は、それまで女性を描いていなかった。つまり女性が描けないと、長篇小説が成り立たないのだ。その意味で、短篇小説家としての評価と、女も描ける作家という評価が初めて出たのだ。この作品には私も激賞の手紙を送っており、清張さん本人も、ようやく自信らしきものを抱いた最初の作品だった。

この一ヵ月後「オール讀物」九月号に「権妻」を書いたが、女ものとして、これも悪くなかった。私は再び好印象を小倉の自宅に書き送っている。これに対し清張さんは、几帳面にハガキで丁寧に返事を寄越すのだ。清張さんは達筆である。

たしか清張さんとの初対面では、この辺の作品が話題になったと思われる。いや、最初は私から、東京に住む作家たちの状況を話したのかもしれない。

だから同期というべきライバルの五味康祐が、受賞後、一作も発表していないことに驚いただけでなく、五味が私の手で第一作を書こうとしていることに、二重の驚きを覚えたのだ。

もっとも五味康祐は、純粋な意味での文藝春秋系ではない。もともと新潮社の社外校正で生計を立てていた。それだけでなく、受賞作品の『喪神』は、文芸誌「新潮」編集長の斎藤十一の推薦によるところが大きかった。

五味は松本清張と違って、放浪癖のある奇人だった。大学も明治大学に入ったが、退学処分になっている。二十六歳のとき、評論家の亀井勝一郎《かついちろう》を頼り上京して三鷹に住んだが、このとき「太宰治、横綱・男女ノ川《みなのがわ》と並んで〝三鷹の三奇人〟」と称されたほどである。

実直なサラリーマン生活をつづけざるを得なかった松本清張とは、その生活態度に大きな隔《へだ》たりがあった。といっても、五味康祐自身、「面白倶楽部」に受賞後の第一作を書くについては、相当煩悶《はんもん》していたようだ。

作家・梶山季之《かじやまとしゆき》責任編集の月刊誌「噂」創刊第二号（昭和四十六年〔一九七一年〕九月）に「作家と、挿絵画家と、編集者と」という連載を書き始めた五味康祐は、その第一回として、「剣豪作家誕生の協力者たち」という思い出話を書いている。

この中の一部を抜粋してみよう。


「昭和二十八年二月に、私は芥川賞を受賞して、かえって物が書けず、くるしんだ。もともと新潮社の社外校正の収入で生活していたのだが、原稿を書こうとおもえば校正なんかしていられない。そのくせ原稿が書けない。貧乏なのは平気だが受賞の時計を質屋に入れたときはつらかった。六月ごろだったとおもう。或る日、ひとりの編集者がやって来た。まだ若い男で、チャンバラ小説を書けという。出された名刺を見て憂鬱になった。『面白倶楽部』とあった。私はマゲ物小説など書いたことがない。受賞作品は、なるほど剣術使いを扱っているが、あれは作り話である。大体、芥川賞を受賞したぼくが、今の立場で挿絵のはいる小説を書くわけにはいかんでしょう、と私は言った。売れる作家にでもなっているなら兎《と》も角《かく》、純文学に与えられる賞を受けて、その後、沈黙しているものが倶楽部雑誌に挿絵の付くような小説を書いたのでは、芥川賞の権威に疵がつくと思う、だから書けないと断った。しかし彼はあきらめなかった。一月ほどすると、又やって来て書けという。将棋をさしながら言うのである。後に『女性自身』の編集長になった櫻井秀勲がこの時の編集者である。彼はべらぼうに将棋が強かった。こちらをコテンパンにやっつけ、愉快そうに引揚げていった。ひと月ほどすると又やってきて、書けという。私の貧乏暮しを知悉《ちしつ》していて、新しい将棋盤と駒を買って来たりするが、つまりは稿料の前払いである。でも頑《かたく》なに私は言を左右し、挿絵のあるような小説を書くわけにはいかんと言った。中尾進という挿絵画家のことを、この時、櫻井君は口にしたようにおもうが、よく覚えていない。ただ、けっして、いわゆる倶楽部雑誌的な通俗的挿絵を描く人ではないし、そんな絵は載せない、と彼が言ったのが印象に残っている。（後略）」

この中にも書かれているように、私が新しい将棋盤を買っていったのは事実だが、作家だけあって、五味さんもなかなかフィクションがうまい。

また「面白倶楽部」という名刺を見て憂鬱になった、などと書いているが、その前に何度も手紙のやりとりがあり、事前に雑誌そのものも送っている。また将棋盤が原稿料の前払いだ、などと書いているが、そんなことはまったくの出鱈目《でたらめ》である。それより、この将棋盤で書くか書かないかを、三番勝負で決めたのだ。

前にも書いた通り、私の初任給は昭和二十八年（一九五三年）で一万円だった。この給料の中から一局三千円で勝負したのだ。それも私は飛車落ちである。ふつう飛車落ちの勝負はない。

そうしたのは、「書くか書かないか」を決める三番勝負なので、五味がどうしても勝ちたくて、私にムリを求めたからだった。このときの勝負は二勝一敗で、結局〝挿絵つきの倶楽部雑誌〟に、芥川賞受賞第一作を書かざるを得なくなった。

そして彼のいう〝稿料の前払い〟とは、私に負けた三千円が、稿料から私に抜かれたことを指すのである。

清張さんとの賭けに勝った

このことを私は清張さんに話したのだ。思いがけなく、この話に清張さんは乗ってきた。何回か会っているうちに、こちらの朝日新聞東京本社の雰囲気に慣れたのかもしれない。ある日、本社の地下だったと思うが、畳の部屋があるので、そこで将棋をしないか、と誘われた。

このとき私は、清張さんは相当強いのだな、と漠然と考えていた。マスコミ関係では、印刷所、新聞社、出版社の順に将棋強さの序列ができていた。これは原稿を待つ順番で、待つ時間が多ければ多いほど、長ければ長いほど、時間つぶしに将棋を指す、というのがこの当時の習慣だったからである。

このときは知らなかったが、後年の思い出話を書いたものの中には、よく将棋を指していたシーンが出てくる。ただ松本清張としての性格を考えると、粘り強い差し手をもっていると想像できた。おまけにわざわざ、朝日新聞社の社内にまで誘って指そうという。いつものように、レバンテでハヤシライスをご馳走になってから、本社の地下階段を降りていった。

清張さんの歩き方は、後年の文豪然としたゆったりした様子からは想像できないほど、せかせかしたものだった。私はこの歩き方を見て、じっくり考えるタイプではないと判断した。

一局勝負で、原稿を書くかどうか賭けることにした。それも五味のように飛車落ちなどではない、平手である。恐らくこの時期になると、私とのつき合いから、「一作は書かなければなるまいな」という気分になっていたと思う。なにしろライバルともいうべき五味康祐は、現実にこの時期、私に何枚も原稿を渡していたし、それがすばらしい出来栄《ば》えだった。

そのことも話してあるだけに、清張さんとしては、むしろ私の棋力《きりょく》に興味を抱いていたのだろう。ただ私は、清張さんの駒の握り方で実力がわかってしまった。下手の横好きの典型的な指し方だった。勝負はあっけなかった。

清張さんは、苦笑いを浮かべて、

「櫻井君、きみとはこの一局でやめよう」

と、以後私とは、将棋の話は一回も出ないで終わった。よほど口惜しかったに違いない。私も清張さんにムダな時間を使ってほしくなかった。

このあと発表された五味康祐の作品は『秘剣』という七十枚ほどの長さだが、芥川賞受賞後の第一作ということで、注目を浴びた。

ところが、清張さんの第一作と異なり、非常に評判がよく、評論家の中には、「もしも芥川賞をとっていなかったら、この作品で直木賞をとっただろう」とまで書いた人もいるほどだった。

清張さんがこのときの約束を守って、「面白倶楽部」に短篇を書いたのは、ほぼ一年後だった。その間、私と清張さんはうまが合ったというのだろうか、一週に一度以上は必ずレバンテか、他の場所でおしゃべりするようになった。

というのも、十二月一日付けで東京本社に転勤した清張さんは、翌一九五四年（昭和二十九年）の七月に家族を呼び寄せるまで、荻窪の叔母の家に厄介になっており、食事などで、できるだけ迷惑をかけたくなかったいきさつもある。まだまだこの時期は食糧事情が悪く、外食券なしでは米食が食べられない食堂も残っていたほどだった。

清張さんが私を頼りにしていたというか、便利にしていた理由は、いくつかある。一つは、東京の文壇地図にまったく疎《うと》かったことによる。二つ目は東京には友人がまったくいなかったことだ。だから話す相手も見つからなかった。

もう一点は、私が二十歳以上も歳が違うため、他人に聞けないような内緒話ができたことだ。それに私も編集者一年生であり、作家一年生として、意外に似ていた気もする。さらに私が父親のいない、貧しい苦学生であったことも気に入った理由の一つかもしれない。もし私が十歳くらいしか違っていなかったら、清張さんもかっこつけて話しただろう。

さらにもう一点加えるならば、私が若いに似ず時代小説に意外にくわしく、考古学にも興味をもっており、またその正反対に、占領軍の政策や共産党の活動にも少し情報をもっている点でも、重宝したようだ。

もっとざっくばらんにいえば、私には清張さんの話す内容のすべてが面白く、清張さんにしてみれば、どんな分野の話をしても興味を示すし、相槌《あいづち》を打ってくる若者が、便利でならなかったのだと思う。

第四章
作家の苦悩と喜び

作家と編集者の力関係

文壇には序列などないように見えて、実は厳然としてある。同じように新聞社や出版社にも格式があり、格下の出版社の社員には、有力出版社の社員たちは、あからさまな軽蔑の目を向ける。チンピラ作家には「書かせてやる」式の言葉遣いを平気でするのだ。五味康祐の先の原稿にも、こう書かれている。

「実はこの四ヵ月、原稿（註・『オール讀物』）が延び延びになっているうちに『小説新潮』からも剣豪ものの注文があった。この時の担当者は今の『小説新潮』編集長〇〇君で、〇〇君は至極鷹揚《おうよう》げにこう言った。

『わが小説新潮では来月号を剣豪もの特輯《とくしゅう》でやる。中山義秀さんに小野典膳《てんぜん》（註・将軍家指南役）、井上友さん（註・友一郎）に近藤勇《いさみ》、松本清張さんに柳生一族、南条範夫さんにも書いてもらうが、あんたも一枚加えたい。何か書きなさい』

私は、コチンと頭に来るものがあった」

「余人は知らぬ、私という小説書きは（当時まだカケ出しだったが）頭ごなしにお前にも書かせてやる、と言われると死んでも書きたくなくなってしまう。それまで『小説新潮』からの注文は一度もなかったのに、中野君（註・『オール讀物』の中野修）は何度も無駄足を運んでくれたのだ。書けるものか。私は○○君に断ったら、では十二日まで待とうという。これがまたコチンと来た。同時に『オール讀物』への信義ともいうべきもの、中野君への友情を痛切に感じた」

五味の原稿には「○○君」ではなく実名が出ているが、ここでは伏せよう。この一文で、当時の上位の出版社の編集態度がわかるだろう。このとき五味が「オール讀物」で書いた小説は『柳生連也斎《れんやさい》』で、彼の全作品の中の白眉《はくび》となっている。

恐らく清張さんも『柳生一族』(「小説公園」一九五五年十月号)を書くに当たっては、五味康祐と似たような扱いを受けたのではなかろうか。これは私の推測に過ぎないが、松本清張の全作品の中で、新潮社から初版として出版されたものは非常に少ない。

また「小説新潮」に連載された作品も、そう多くないし、その中では『歪《ゆが》んだ複写』(一九六一年刊)だけが突出して秀作だが、あとの『対曲線』(のちに『犯罪の回送』に改題、一九九二年刊)、『溺《おぼ》れ谷』(一九六六年刊)、『処女空間』(のちに『喪失の儀礼』と改題、一九七二年刊)などは、それほど評判になっていない。

長年この世界にいた私には、何となくこの理由がわかるのだ。人間的に合う社や編集者には、できるだけいいネタを使うし、また熱心さにほだされて、作家もがんばってくれるものなのだ。

小説は面白くなければならない

たとえば清張さんはこんなとき、私にすでに流行作家になっていた中山義秀や井上友一郎について質問するだろう。実際、「オール讀物」や「小説新潮」の新聞広告で中心の柱となった作家については、どういう作品経歴をもつ人なのか必ず聞いてくるし、またその作品が「面白いかどうか」も質問してくる。

これは私にも勉強になったし、特に売れっ子作家の秘密を学ぶきっかけにもなった。清張さんの作品鑑定は、実にはっきりしている。

「面白いかね？」

この一点に尽きる。その意味では松本清張は文芸評論家にはなれない。評論家はさまざまな点から作品を論じるが、「面白い」という言葉だけは使わない。「興趣《きょうしゅ》に富む」

「巧みな佳篇《かへん》」「鮮烈な文体」「見事な結末」「進境著《いちじる》しい一作」などなど、文芸評論家の批評言をまとめたら、実に面白いもので、他の評論家から笑われないようにしないと、食っていけない。

だから評論家は、どこの出版社でも「文庫解説屋」といわれているので、気にしないほうがいい、と私は最初に忠告している。それでも有名評論家の批評は気になるもので、後年、押しも押されもせぬ大作家の地位を獲得した頃、自由民権運動を明治期に進めた中江兆民《ちょうみん》の半生を描いた中篇『火の虚舟《きょしゅう》』（一九六八年刊）が、大物評論家の山本健吉に批判されたことがあった。清張さんが五十八歳の真夏のことである。

「文章の粗《あら》とは、内容の粗である」

と新聞評を受けたとき、清張さんは「的はずれな批評だ」と反論したが、このしばらく前から、批判されるのをいやがるようになっていたのも事実だ。

しかし作家が批評、批判をいやがるようになったら、必ず売れなくなる。批判には必ずその原因が潜《ひそ》んでいるもので、夫が妻から「あなたこの頃、帰りが遅くなったわ

ね」といわれるようになったのと似ている。

「そんなことはない」と突っぱっても、妻には勝てないのだ。批評家とは妻のようなもので、小さい話のうちに気づかせてくれる。そういうありがたい存在なのだ。

だがこの「小説は面白くなければならない」という松本清張の単純持論は、芥川賞受賞作家としては、至極珍しいのではなかろうか？

一九八三年、朝日放送制作の特別報道番組「清張、密教に挑《いど》む」の取材で中国に渡ったとき、松本清張は北京で周揚《しゅうよう》・中国文学芸術界連合会副主席と馮牧《ひょうぼく》・作家協会副主席と文学で語り合ったときも「文学は面白いことが第一。説教調のものは読者に倦《あ》きられる」と主張したという。

これに対し周、馮は「文学作品としての水準が先決」としつつ同感の意を表したようだ。これは同行した文藝春秋の藤井康栄《やすえ》（松本清張記念館名誉館長）のつくった「作品と完全年譜」の中に出てくる挿話だが、中国側としては、初めて耳にするような文学観だったのではなかろうか。

プロレタリア芸術では、自分たちの体制のプロパガンダ（宣伝）が優先する。

中国側としては、清張さんの作品の中に一部、左翼的な作品があったので、進歩的、社会主義的作家として位置づけていたかもしれない。

ところが案に相違して「文学は面白いことが第一」と、聞きようによってはエンターテイメント礼賛《らいさん》とも思える発言に、その後、双方のあいだで真剣な討論がつづいたようだ。

私は「面白倶楽部」という娯楽雑誌からスタートしたため、小説としての完成度や文学性より、まず「面白さ」を優先した。

もともと十九世紀以降のロシア文学は、トルストイからショーロホフに至るまで、長篇ものは面白さがなければ読めないものだ。私はこのロシア文学と松本清張によって、完全面白主義になっていた。

また私の語彙《ごい》の不足から、編集長に、

「どう、この作品の出来は？」

と問われたときも、

「面白いです！」

「面白くありません」

としか、いいようがなかったところもあった。それだけに清張さんから「面白いかね？」といわれると、答えがスムースに出るのだった。

ここで念のために説明しておくと、清張さんは他の作家の作品に対して、この言葉を常用していたのではない。そんなことはめったになかった。あるとすると、自分がまだ読んでいない作家に対してだった。

「面白いかね？」

と問うのは、基本的に自分の作品に対してなのだ。

しかしここで疑問に思う人がいるかもしれない。ふつうなら、

「面白かったかね？」

と過去形で訊《き》くはずだからだ。

たとえば今月号、あるいは今週号の清張さんの作品を読んで伺ったときは、過去形で尋ねるのがふつうである。もちろん、こう訊かれたことはいくらでもあるし、多分ほかの編集者は、過去形で問われたはずだ。

ところが私に限っては、過去形より現在形が断然多かった。それはなぜなのか？

一つは、連載小説であれば、一回一回、書斎か応接間で頂いたばかりの原稿を読んで、感想をいわなくてはならないからだ。ほとんどの編集者は、とてもそんな大胆なことはできない。

頂いた原稿は社に戻ってじっくり読んでから、電話や手紙で感想をいうのが、いわば作家と編集者のあいだの暗黙のルール、黙契《もっけい》となっていたからだ。また作家もそのほうが気が楽だった。目の前で読まれると、どんな大作家でも緊張するからだ。

だが私は幸か不幸か、まだ電話が引けていない時代に知り合っている。いや、電話どころか、清張さんが叔母さんの家に下宿していた頃からの出会いだったので、最初から、いま書き上がったばかりの他社行きの原稿まで、読まされる羽目になったのである。

それだけではなかった。そのうちにこれから書くという、他社作品のプロットを聞く役目を仰《おお》せつかるようになっていったのだ。

このとき、コーヒーを思い出したように飲む際に、

「どうかね、面白いかね？」

を連発するのだ。そしてそのうちに、私の「面白いですねえ」の合いの手がないと、書けなくなっていくのだった。

私は現在、いくつかの勉強会を主宰しており、優秀なメンバーを抱えている。この人たちに対し、私が必ずいうことは、

「いつでも〝いま自分は歴史の中にいる〟と思いなさい」

と、松本清張と私の若い頃のつき合いを例にして話している。

私自身、松本清張との長いつき合いが、その後歴史的な価値をもつものだとは、まったく思ってもみなかった。だから私は、二人でいるときの写真一枚、もっていない。手

紙もわからなくなってしまったし、直筆の原稿ももっていない。

あるのは、署名の入ったたくさんの本だけだ。これだけは最初の一冊から書庫にしまっておいたが、何十年間のうちに、誰かが借りていって、そのままになってしまっている。結局、松本清張記念館の発足時に、清張さんが撮った中東の風景写真一枚と、「女性自身」に連載された「甃《いしだたみ》」（一九六四年）の挿絵を担当した森田元子画伯の一枚を提供しただけだった。

それだけは現在、この本を書くために手許に戻していただいている。そんな悔いがあるだけに、若い人たちには、自分で刻んでいる歴史の一頁一頁を、大切にしてほしいという願いが強いのだ。

そしてその歴史の中で私の役目は、知り合った翌年（昭和二十九年）から、昭和三十八年三月までの丸十年間に及ぶことになる。どんなに親しい編集者でも、その作家の一生をすぐ側で見ているわけにはいかない。何人もの編集者がいるからだ。

それぞれがある時期にお役目を果たすのが最高であって、私の場合は、まったくの初期の約十年間が、先生の歴史をつくった年月となる。

六畳一間に四畳半二間の借家住まい

私が清張さんのお宅に初めて伺ったのは、昭和二十九年の秋だった。練馬区関町の家である。この家は初めて、小倉から家族を呼び寄せたところだが、いまの感覚でいったらバラックだろう。

このときの模様を、『松本清張短篇全集3』（光文社、一九六四年刊）のあとがきにこう書いている。

「二十九年夏、ようやく練馬区関町一丁目に借家を見つけ、九州から一家を呼んで初めて家をもった」

六畳一間に四畳半二間という狭い家に、松本夫妻と老いた父母、それに子ども四人を含めた合計八人の家族が住んでいた。恐らく編集者の中でこの家を訪ねたのは、私を含め、ごくごく少数だったのではあるまいか。

それというのも、編集者を迎えても座る席がないような狭さだったからだ。もっともこの時代は、似たようなつくりの小さな家ばかりで、そこに来てもらうのが恥ずかしい、という感覚はなかったように思う。

戦後がまだつづいていて、繁華街は闇市の様相を呈していた頃である。

一例をあげれば、私がある作家に連れられて、初めて飲みに行った場所は、目白駅前のよしず張りの屋台だった。新宿の西口広場は闇市となっており、私たちは外食券がなくなると、ここに来て食べたり飲んだりしていたのである。

敗戦後八年を経ても、山手線の駅前がそんな感じであり、庶民の飲む場所は屋台が当たり前の時代だった。また膨張する都内の人口に対処するため、板囲いともいうべきバラック建ての都営住宅が、それこそマッチ箱のように並んでいた。そのほとんどは六畳と四畳半の二間だった。

松本清張が借りられた六畳一間に四畳半二間は、むしろ、うらやましがられたのではなかったか？　いまとなっては調べようがないが、もしかすると都営住宅だったかもしれない。借家を見つけられた、ということだけでも幸運だったと思われる。

清張さんの部屋は玄関脇の四畳半だった。

「昭和三十年、練馬区関町の書斎にて」という一枚の写真がある。かすかに襖《ふすま》が写っているのがわかるが、机はほとんど見えない。清張さんの考え込んでいるクローズアップだけだ。これは誰が撮ったのかわからないが、書斎とはいえない。

私が最初に行ったときは、まだ机がなくてみかん箱に台を乗せたようなものだった。それは机を買う金がない、というのではなく、狭い和室に合う座机が、まだ見つからなかった時期だった。

その小さな机は、二段式の押入れに半分押し込まれていた。少しでも部屋を広く使おうという工夫だった。

家族が寝たあとに来てくれというので訪ねたのだが、家族は全員ふとんに入っていて、私はそのふとんの上をそっと歩いて、押入れのところまで行った記憶がある。

書斎と呼ばれる部屋ができたのは、三年後、昭和三十二年のことである。練馬区上石神井に初めて家を買ったのだった。四十八歳のときである。狭い書斎と応接間だったが、これによって、家族の声の聞こえない、自分だけの城をもてたことになる。

もうこの頃になると、関町の〝書斎〟では、どうにもならなかった。

作家として独立するまで

作品の年譜を見てみると、杉並区荻窪の叔母の家にひとり寄宿している時期に書かれた、と思われる作品は、約十点にのぼる。昭和二十八年（一九五三年）の十二月一日付けで単身赴任してきたので、「別冊文藝春秋」掲載の「湖畔の人」（昭和二十九年［一九五四年］二月号）は、叔母の家で書かれた第一作と思われる。

その後関町に移ったのが、昭和二十九年七月のことだから、その年の「オール讀物」九月号に掲載された「脅喝者《きょうかつ》」（のちに「恐喝者」と改題）が、ギリギリで荻窪時代の作かと想像される。この時期はまだ朝日新聞に勤務していた頃だ。周りからも「そろそろ辞めて作家一本になったほうがいい」という声もあったようだが、清張さんは慎重だった。

この時期、清張さんが何でも打ち明けられる編集者は、限られていたと思う。その辺のことは、清張さんもしゃべっていなかったので、推測でしかないが、私はぐっと年下ということで、話しやすかったのではあるまいか？

また私のときは必ず直子夫人が加わってくるので、家族的な雰囲気になる。いつのまにか家庭内の問題にまで、話が及んでいくのだった。

この頃、夫人は悩みがあると、コーヒーを持ってきたついでに、書斎に座り込むのだった。

「ねえ、櫻井しゃん、聞いてくださいよ」

と、夫である清張さんについての愚痴をこぼすのだ。この〝じゃん〟と聞こえる発音は、福岡に多いと思っていたのだが、佐賀生まれで、小倉に嫁いできた夫人に、このなまりがあるのが、なぜか新鮮だった。

このなまりはその後、東京に長く住むようになってから、次第になくなっていったが、どうも私だけは「櫻井しゃん」となる。もしかすると、あまりに初期からのつき合いになるので、あちらなまりを安心して出せる一人だったのかもしれない。

夫人が話し始めると、ふつうの作家はうるさがって、

「仕事の話があるんだから」

と、すぐ夫人を追い出そうとするものだが、清張さんはそういうタイプではなかっ

た。仕事中の気むずかしい表情とは一転して、ニコニコしている。いや、ニコニコというより、ニヤニヤのほうが当たっている。やや当惑したような照れ笑い、というのが正しいだろう。

それでも、愚痴を一通りしゃべり終える頃になると、

「もう一杯コーヒーのお代わりをくれないか」

と、巧みに夫人を退けるのだが、この時期の松本家は、夫人ひとりでは手に余る問題が、山積みしていたようだ。

一つは、子どもたちの進学問題だったと思う。それに家の狭さにも困っていた。さらに朝日新聞を本当に辞めるべきかどうかも、相当迷っていたようだ。

「私は二十九年の三月ごろに、藤沢の下宿先から、東京杉並の叔母宅の二階に居を移した。これらの作品（『青のある断層』『梟示抄』『面貌』『山師』など）は全部、その時期に書かれたもので、東京の地理を知らず、遊びも覚えず、勤めから帰ると、まっ

すぐに机に向かったものだった。まだ社を辞めるほどの決心もつかなかった。いつ自分の仕事がだめになるかわからない不安が終始つきまとっていた」

（『松本清張短編全集2』光文社、一九六三年刊・あとがき）

この頃清張さんは、他の作家がどう暮らしているか、私によく訊いていた。

「五味君は書けないのかね？　どういう生活をしているのか？」

「編集部は連載作家をどう決めるのかね？　大先生じゃないと、会議で名前があがらないものなのかね？」

ほとんどの質問は、作家が出世の階段を駆け上がっていく過程に関するもので、それは短篇しか注文が来ないことへの焦燥であった。私はまだ新米編集者であったので、ほとんど正確には答えられなかったが、その点では清張さんも同じ新米作家だった。

その新米同士という連帯感が、二人の仲を強く結びつけたことは確かだ。私は「面白倶楽部」編集部で知った有名作家の状況を、ことごとく話したし、それは他の編集者からは聞きにくい話題でもあったので、清張さんは私を離さなかった。

短篇小説だけで作家が食っていくのは、容易いことではない。一つには注文が来なければ収入がなくなるからだ。その点、長篇小説の依頼が一本あれば、最低でも一年間連載がつづくということであり、収入がぐっと安定する。清張さんの場合は、八人分の生活費を短篇で賄《まかな》えるかというと、それはむずかしかった。

それでも順調に短篇の注文が来ればいいが、いつなんどきストップするかわからない。その理由は作品の良否というよりも、せっかく親しくなった編集長と担当編集者の異動にある。作家にとって、一番恐ろしいのは、自分を使ってくれているこの二人の異動だった。

清張さんが朝日新聞を辞めたくても辞めきれないのが、一家を支える固定収入の問題にあったことは確かだ。

松本家としては、子どもたちは小、中、高校に通う年頃になっており、それぞれ体も大きくなっていた。そんな中に老いた父と母も、狭い二間の中に生活している。夫人としては、一日も早く、もう少し広い家に移りたかった。

ところが新聞社を辞められると、生活費に支障が出てくるだけに、恐らく夫婦の話題は、辞めるか辞めないかの堂々巡りであったと思われる。

しかし清張さんとしては、社をできるだけ早く辞めないと、いづらくなっていたことも確かだった。


「実は東京転勤も作家生活にはいる希望を含んでの実現だったが、転勤してもなかなか社を辞める決心にはいたらなかった。多人数の家族を抱えていると、不安定な収入生活に飛びこんでいく勇気がなかったのである。

上京した二十八年の暮から三十二年までの間私はわずかしか小説を書いていない。これは現在と違って芥川賞を受賞してもそれほど出版社に注目もされなかったためだが、やはり新人としての場の狭さからもきている。だが三十一年あたりから何となく原稿の依頼が多くなり、これ以上社にとどまっていることが苦痛となり、思いきって辞めたのである」

（『松本清張短篇全集3』光文社、一九六三年刊・あとがき）

本人も、のちにこのように告白しているが、私はその現場を見ていた一人だった。清張さんは生真面目な性格であり、たとえ原稿の締切が翌日であっても、新聞社を休めないところがあった。それでも、どうしても休まざるを得ないときもあり、それが大変な苦痛になっていた。

ただこの「あとがき」は正しくない。「上京した二十八年暮から三十二年までの間私はわずかしか小説を書いていない」とあるが、「三十二年」は、「三十年」までの誤りだと思う。なぜなら朝日新聞を退社したのは、昭和三十一年（一九五六年）の五月三十一日だったからだ。

どの程度を「わずか」というかは、作家によって大きな違いがあるが、作品年表を見ると、昭和二十八年（一九五三年）、芥川賞受賞の年は、受賞作を除くと十一作品と少ない。二十九年（一九五四年）は読切り（短篇、中篇）十二作と連載一本だから、これも少ない年だろう。これが三十年（一九五五年）になると、読切り二十一本と倍増し、前年からの連載（三月終了）と、新たに連載が十月号からスタートしている。

これも一ヵ月に二本平均となるので、平均的にいえば、少ない部類に入るだろう。しかしこの年の「小説新潮」十二月号に、出世作「張込み」が発表された。

これが俄然、注目を浴びたのだった。「三十一年あたりから何となく原稿の依頼が多くなり」と記しているのは、このことを指す。

この時期、私はほとんど毎週一回は会っていた。といっても、私は多くの作家を仕事として抱えていた。それ以外に将棋教授というバイト（？）も入っていた。また松本清張、五味康祐の担当というと、他の作家からも担当になってくれという希望も出て、悲鳴をあげるほどの忙しさだった。

当時はどの企業も週六日制だった。光文社も同じで、仕方なく清張家に行くのは日曜日にしていた。土曜の夜は五味康祐のところで将棋を指してクラッシックを聴き、日曜日は松本宅で夜を過ごした。

作家の苛立《いらだ》ちと現実

私が清張さんに初めての原稿を頂いたのは、一九五五年（昭和三十年）の「面白倶楽部」新春増刊号のためのものだった。題名は「きず」（書籍化される際、「疵」と改題）。

この作品を書くに至るまでに、清張さんとしては、心の葛藤があったことは前にも記したが、ある意味では、すでに吹っきれていたことも事実なのだ。

「やはり新人としての場の狭さ」を嘆《なげ》いているように、当初私からの上京のすすめもあり、本格的に作家として独立する意欲に燃えて出てきたのは事実だが、順風満帆《じゅんぷうまんぱん》の船出というわけではなかった。

出版社の数からいえば――

・文藝春秋
・朝日新聞社
・六興出版社

一九五三年（昭和二十八年）に頼まれた出版社は、この三社だけだった。文藝春秋は芥川賞の主催社であり、朝日新聞社は自分の勤務する社であって、なおかつ「週刊朝日」には「西郷札」が入賞している。その意味では、六興出版社が、初めて依頼してきた出版社ということができよう。

六興出版社には「小説公園」という小説雑誌があり、そこからの依頼があったのである。「小説公園」は一九四九年（昭和二十四年）に、時代小説の祖、吉川英治の弟で元文藝春秋社の吉川晋、石井英乃助によって、六興出版社から創刊された。

創刊号は、吉川英治の「平将門」をはじめ、川端康成、大佛《おさらぎ》次郎、獅子文六《ししぶんろく》、丹羽《にわ》文雄、高見順らが執筆し、三号から月刊誌となった。一九五八年（昭和三十三年）に廃刊となっている。

六興出版社は、のちに社名を「六興出版」としたが、一九九二年（平成四年）に倒産してしまった。もともとは一九四〇年（昭和十五年）に商事会社であった六興商事が出版部をつくったのがその始まりで、吉川英治の著作を多く出版していた。

さて、清張さんへの原稿依頼だが、一九五四年（昭和二十九年）はどうだろうか？

・文藝春秋
・朝日新聞社
・学習研究社（学研）
・六興出版社
・講談社

学研と講談社の二社がふえたが、いずれも「中学コース」と大衆雑誌「キング」という、やや不本意な雑誌からの注文だった。この時期、文芸出版社の大手である新潮社からは、まだ注文が入らなかったのが、やや焦《あせ》りの原因になっていた。

それでも文藝春秋は松本清張の価値を、いち早く認めており、「文藝春秋」本誌をはじめ、純文学系の「別冊文藝春秋」、さらには中間小説雑誌の「オール讀物」も、準レギュラー的に待遇している。

実際には焦る必要はないのだが、この年の七月には、家族全員を東京に呼び寄せたため、もっと稼がざるを得なかったのだ。また、新聞社を退職する希望も、一旦胸にしまわざるを得なかったため、やや苛立った年になっている。

もっと本音をいうならば、新潮社から依頼が来ないことが不満であり、不安だったのだ。当時、中間小説雑誌は「小説新潮」「オール讀物」「小説公園」の三誌で、中でも「小説新潮」がよく売れていたと思う。人によって見方が違うかもしれないが、私は舟橋聖一の『雪夫人繪図《えず》』と『芸者小夏』が、この雑誌を伸ばしたと思っている。

この私の見方と清張さんの見方が、偶然一致したのだ。それはなぜなのか?

私は編集者として、単純に雑誌には常にエロチックな作品が必要であり、「小説新潮」は実に巧みに、舟橋聖一という大物作家にそれを描かせているな、という感想をもっていた。

これに対し清張さんは、それほど単純な心境ではなかった。自分は高等小学校出身で、それまで家族を養うのに必死に働くだけで、芸者はおろか、バーにも行ったことのない生活を小倉で送ってきた。

一方、舟橋聖一の文壇経歴は華麗を極めていた。東大国文科出身で阿部知二、井伏鱒二《いぶせますじ》、梶井基次郎《かじいもとじろう》などと新人活動をしたり、『あらくれ』で著名な文豪、徳田秋声の門下生になるなど、早くから文壇活動を起こしていた。この舟橋聖一は、松本清張よりわずか五歳上でしかない。その作家が、早くから芸者遊びしていたことも快くなかったが、それを小説にした作品が、一時期「小説新潮」の柱だったことも不愉快だった。

ところが、それまで風俗小説作家としか思っていなかった舟橋聖一が、毎日新聞紙上に『花の生涯』を連載したのだ。江戸幕末の井伊大老を描いたこの作品は、一九五二年（昭和二十七年）七月から一年間掲載されたものだが、連載中から評判を呼び、舟橋の代表作になるという評価がすでに出ていたほどだった。

この舟橋聖一が芥川賞選考委員で、松本清張の『或る「小倉日記」伝』を無視したのである。

恒例の「選評」を読むと、

「(略)授賞ときまった二作(註・松本清張と五味康祐)については、私一個としては、何らの感銘もない。ただ二作のうちではどっちがいいか、と司会者に訊かれたので、その中で云うなら、『或る「小倉日記」伝』のほうだと答えておいた」

とある。清張さんが生涯、舟橋聖一を憎悪したのは、この一文にあることは明らかだ。

ある一時期は、

「櫻井君、きみは舟橋聖一の今月の作品をどう思うね?」

と、毎月一回は、舟橋評になるくらいだった。

「『花の生涯』は評判いいですね」などと答えようものなら「世間の評判はどうでもいい。きみはどう思うんだ」と突っ込んでくる。

当時「先生は一作ごとに、といってよいほど、構想が出来上がるたびに、私に電話を下さるのが例だった」というのは前でも書いた通りだが（二十八頁）、清張さんは、私の読後感を非常に大事にしてくれたのだった。それだけに、評論家がどういおうと、そんなものはどうでもよかったのである。

評論家は自分のために評論しているんだ、というのが、清張さんの考えだった。ところが編集者は違う。売れるかどうかを考えて、一作一作読んでいる。売れるには、面白くなければならないが、それを大切にするのは、すぐれた編集者だ、というのが編集者観だったのではあるまいか。編集者にとっては、最高にうれしい作家だった。

私がそれ以後、似たような感想をもった作家は、二人しかいない。五味康祐と三島由紀夫である。この二人は私という編集者を、心から大切にしてくれたと思う。だから、世評よりききみの感想を聞きたいんだ、と迫ってくるのである。これも五味、三島の二人にそっくりだ。

おかしかったのは「『花の生涯』は面白いですね」と答えたときだ。

ふつうだったら「そんなことはないだろう?」といいそうなものだが、清張さんはまったく違った。

いかにも口惜しそうな顔をして、こちらを睨《にら》むのだ。「そんなに面白いかね?」「面白いですよ」と繰り返すと、獣のように低い唸《うな》り声を出すのである。

後年、あちらこちらで散見した小文を読むと、「松本清張は、頑固に自説に固執して、他人を認めなかった」といった横顔が多く書かれるようになったが、それは自説との対比であって、他人の作品を認めない、という人ではなかった。

長年にわたるつき合いの中で、私には頑固な一面を、一回も見せたことはなかった。自分の考えと違っていれば、口惜しそうに睨み返すのが常だった。

話が飛んでしまったが、「小説新潮」から依頼が来ないという寂しさを、舟橋聖一に対する憎しみで耐えていた、といえないこともない。いや、舟橋聖一が「松本はまだ早い」と、編集部を抑えていると勝手に妄想していた、とも考えられよう。

それでも講談社から依頼がきた、というのはこの年の朗報だった。この時期の講談社には、中間小説雑誌はまだなかった。大衆小説誌として「講談倶楽部」「キング」があるくらいだった。

「小説現代」がスタートするのは、ちょうど十年後の一九六五年（昭和四十年）である。純文芸誌には「群像」があったが、なぜかこの雑誌は、松本清張とほとんど関係がなかったように思う。

昭和三十年は、松本清張という作家にとって、一つの転換点ともなった年だった。

清張さんの生い立ちと暮らし向き

清張さんは本当に貧乏のどん底から這い上がった人だった。ふつうだったら、作品が売れていくに従い、過去を消していく。みっともない過去の生活を隠していくのだ。

最近の作家にはこのタイプが多い。というのも、古い時代と違って、テレビや雑誌、ネットで拡散されるだけに、過去をしゃべると、増幅されていく危険が多いからだ。それにいまの時代は、作家といっても芸術家ではなく、文章屋くらいに思う若者が多いのだ。誰でも勝手に作家と名乗る時代になってしまった。

その点、清張さんが売れていった時代は、みんなが貧乏だったし、売れるものなら着物でも骨董品でも、何でも売っていった時代だった。

清張さんは現在の朝日新聞西部本社広告部に勤めながら、箒《ほうき》を売って歩いていたのだ。当時の清張さんは雇員《こいん》（嘱託《しょくたく》）だった。正社員でなかったので、できた面もある。私は清張さんが書斎で、竹箒や座敷箒を担《かつ》いで売りに行く姿を思い出すように、ひょこひょこ歩いてみせる姿を何度も見ている。

恐らくそんな姿を見たのは、私ひとりだろう。小倉では恥ずかしいので、別の県の都市に売りに行ったというが「四本までは担《かつ》げるんだ」と、笑いながら担ぐ真似をしてみせた。本数は違っていたかもしれないが。

よく聞くと、個人客に売りに行ったのではなく、他県の仲買人に見本としてもっていったという。

もともと清張さんは小倉の生まれではないという説もある。広島で生まれたのが、父親のだらしなさから、村役場に出生届を提出していなかったというのだ。これについては、初期の頃、私に話している。のちに『半生の記』に書いているが、清張さんの場合は、それが本当の自分の半生だった、とはいえない。

作家というものは、どこかにフィクションを交えているからだ。

たとえば『半生の記』を読んでも、正式に松本家生地がどこなのか書かれていない。ただ辿っていくと、父の生地は鳥取県日南町であることがわかってくる。これについては足羽隆氏の『松本清張と日南町』（私家版、二〇一三年）という中に出てくるが、清張さんは私には次のように話している。

「父は米の仲買人だった。儲かったときもあったらしく、その話はよく聞かされたが、実際は大損をするほうが多かった。私が生まれたときは、その大損をして逃げ出したときで、真冬の寒さの中を、私は母に手を引かれて小倉にやってきた」

ここでやっと出生届を出してもらったという。だからネットなどで、出生地を調べると「明治四十二年（一九〇九年）十二月二十一日、広島県広島市または福岡県企救《きく》郡板櫃《いたびつ》村」となっているはずだ。後年私は、この板櫃村（現・小倉北区）に行き、住んでいたと覚しき町を歩いたのだが、この頃の住民は誰も、清張さんがどこに住んでいたか知らなかった。

大作家になってからは、こういった思い出話をすることはなかったし、聞いた人もいなかったろうが、練馬に小さな家を建てた頃は、書斎、といっても狭い部屋だったので、徹夜明けに小さな門の前の畑の道を散歩しながら、ポツリポツリと語るのだった。

一つには、作家というものは、自伝を書く際もあるので、資料は取っておいたほう

がいい、という私のアドバイスもあって、

「櫻井君には話しておくか」

という気分になったようだ。

作家と編集者の距離

作家への手土産といえば、高級菓子やフルーツを想像するかもしれないが、清張さんは、あまり、そうしたものを好まなかった。メロンなどを食べても、あまりうれしそうな顔はしなかった。

私はそのことを知っていたので、夏になればカットした西瓜《すいか》を買ってもっていったし、冬ともなると、熱い焼芋を二、三本、どこかの店で探してもっていった。ときには大福やどらやきをもっていくと、清張さんは、手拭き用に濡れタオルを二本、夫人に頼んで一緒に食べるのだった。

西瓜は二人でポタポタ、汁を垂らしながらかぶりつくのだが、これが一番気に入っていた。現在、松本清張記念館の中に、本物の書斎と応接間が展示されているが、じゅうたんに西瓜の汁がいっぱいこぼれていることを知っているのは、私だけだろう。

清張さんはそれが楽しみだったようで、私が行くと、夫人が二階に清張さんを呼びに行く間もないほどに、急いで階段を降りてくるのだった。

家では和服を着ていることが多かったが、走ってくるので帯がほどけてしまう。その後を夫人が、清張さんの帯を拾いながら、応接間まで降りてくるのだ。

「もう櫻井しゃんがいらっしゃると、急いで階段を降りていくので、着物がはだけてしまって。失礼な姿でごめんなさいね」

夫人は毎回、呆れたように夫を叱り、私に詫《わ》びるのだが、清張さんは、照れたように笑っているだけだった。

誰でもそうだが、自分と年齢が同じか、上の人間には、ラフな姿、アホな格好は見せられない。その点、年下には心を許すところがあるし、またそのくらいのほうが、年下のほうの緊張も解けて、互いにリラックスできる。

ましてや私には、松本家の内情を知られているというか、自分から話しているだけに、恥も外聞も気にすることはなかったのだろう。

後年、私の周りの方々に聞くと、

「清張さんは怖かった。あの目で見られると、心の中まで見透かされるようだった」

「清張先生の前に出ると、一言も口が利けなかった」

「先生に指摘されると、グーの音も出なかった」

という声ばかりだったが、私は先生の笑顔か困った顔しか知らない。それに驚くほど、茶目っ気があるのだ。

清張さんの恋愛小説『波の塔』は、「女性自身」で一九五九年の五月の終わりから一年間連載していただいたが、当時、それだけで部数が十万部も伸びた、というくらいの人気だった。

このとき清張さんは初めて、生きた若い女性たちを知ったのだ。女性読者たちからの読後感を届けるのだが、本当にうれしそうだった。そんな中で、北海道の札幌、旭川などで、清張さんの講演会が行われるというので、原稿を頂きがてら、私もお供したことがあった。

旭川の晩はちょうど締切日に当たり、私は翌朝の飛行機で、羽田に飛ばなくてはならなかった。清張さんは気が利いて、

「櫻井君はせっかくの北海道で、まだ遊んでいないのだから、今夜はゆっくり遊んでこいよ。そのあいだに書いておくから」

こういって、私を観楽街に送り出したのだ。

このいきさつについては文藝春秋版『松本清張全集』月報にくわしく書いてあるし、『松本清張の世界』(文春文庫)にも転載されているが、ここで繰り返すと、私は旭川の女性と仲よくなり、ホテルに帰るのが深夜になりそうなので、清張先生に念のため、

電話を入れたのだ。

　すると——。

「まだまったく書けていないのだよ。ゆっくり遊んでこいといったけど、打ち合わせしたいので、すぐ戻ってこられるかな？」

「えっ？　一枚も書けていないのですか？　うーん」

「明日朝までには仕上げるから、ちょっと打ち合わせしよう」

　こうして私は、せっかく仲よくなったその女性と、泣く泣く別れて、ホテルに帰り、先生の部屋に飛び込んだのだが、清張さんは澄ました顔で、

「ハイ、全部書けたよ」

　と、二十枚の原稿を、私に渡すではないか！

「先生、謀《はか》りましたね？」

「電話から、かすかに音楽と、女の子の声が聞こえたんだよ。とっさに一計を案じて」

　と、ニヤニヤしているではないか？

この話は東京に戻ってから、先生は相当広めたようで、他誌の編集者から、大分からかわれてしまった。私にも「刑事は耳ざとくなければダメだ」と、得意満面だった。しかし、親しくなるには、かえって、こういうエピソードがあるほうが早く深くなるものだ。

恋愛小説『波の塔』の思い出

『波の塔』の連載時には、その種のエピソードがいくつもあったし、最終回の富士樹海の取材では、二人で樹海心中事件を起こすところだった。

樹海については、それまで作家の誰ひとり、目を向けていなかった。私も先生から「主人公の頼子《よりこ》を樹海に入らせたい」と聞いたとき、ハテ、樹海とは、富士のどの辺に存在するのだろうかと、あわてて調べたほどだった。

それまでにも、出だしは調布の深大寺にしようとか、物語の途中では、柴又の帝釈《たいしゃく》天《てん》を使おうかと、たびたび私と取材に出かけたのだが、あとから考えると、九州の小都市から出てきたばかりで、どこからこういった、東京に長年住む人間も気がつかない情報を知ったのか、その辺は私にもわからない。

のちにフジテレビの連続ドラマ「男はつらいよ」が柴又を舞台にしたが、松本清張作品からヒントを得たのではないかと、先生と話し合ったものだった。

それはともかく、富士五湖の一つ、西湖には大きな樹海があることがわかったので、二人で取材に行こうという話になった。

大月からタクシーに乗って西湖に着いたのだったが、考えていたよりもはるかに大きくて深い樹海だった。ちょっと足を踏み入れてみると、靴がズブズブ沈んでいく。

これは危ないということで、近くにあったユースホステルに入り、ご主人に事情を話して、樹海の内部に入れないかと訊《たず》ねてみた。

その結果、長靴に雨着、懐中電灯、それに細い赤紐を二束、貸してくれたのだ。これらは樹海に入るには必需品だといわれたが、赤い細紐二束の意味がよくわからなかった。

しかしご主人の説明を聞くうちに、清張さんと私の顔が次第にこわばっていった。

「よろしいですか？　木の枝にこの紐をかけていくのですよ。一束が終わったら、それにつないで二束目を使ってください。

けっして紐から離れてはいけません。中は暗くなるので懐中電灯が必要になります。万一お二人が戻ってこられないときは、私や警察がこの赤い紐を目印に、奥に捜しに行くのですから。紐が終わったら、そこから戻ってください。

勝手に奥に入っていったら、出てこられません。磁石はもっていますか？　もっていてもそれが正しい方角かどうかわかりません。周囲は全体に同じ景色なので、磁石が正しい方角を指しているかどうか、確かめようがないからです」

こうして私たちは最初から緊張して、奥へと向かったのだったが、樹林でまったく空が見えない。昼間なのに、そこだけが、まるで夕方か夜のような感じになった。一歩進むたびに長靴がズブズブと沈み、そのまま身体まで沈んでいくような錯覚に陥《おちい》るのだった。

とうとう清張さんは、「きみと心中するのはイヤだ」といい出した。「私だってイヤですよ」と私も答えたのだが、これはあとで、「きみの声が震えていた」「先生のほうが震えていた」と、論争になったほどだった。

連載が終了して間もなく、『波の塔』は光文社からカッパ・ノベルスとして出版されたが、その反響は続いた。カッパ・ノベルスは新書版のサイズだったが、それをバッグに入れたまま、樹海に入って自殺する女性がふえていった。

そのたびに現地警察署から編集部と松本清張宅に連絡が入るのだが、ともかく樹海の内部に入ったら出られなくなることは、生きたまま樹海から出て、助けを求めた女性が一人だけだったことでもわかろう。

『波の塔』は、この数年でもテレビドラマ化されているが、樹海のシーンは改編されていることが多いようだ。それだけ危険であることは、いまも変わらない。また、一篇の小説に、それだけの影響力があるということでもあるだろう。

第五章

人間、松本清張の素顔

作家、松本清張の学歴と教養

清張さんが小学校しか出ていないという話は、広く知られている。正確には、尋常小学校高等科を卒業しているので、いまの制度での小学校の六年間に、高等科の二年を加えることになる。

それにしても、信じられないほどの学力だし知識量だ。一説には明治生まれだから、という話も出るが、明治人は、漢文と崩し文字（草書体）を書けるし読めるので、古文も解釈できる。

しかし基礎学力がなければ、読むことができても、意味がわからない。ところが、清張さんは、私などは足元にも及ばない知識と解釈の持ち主だった。

たまたま私が可愛がられたのは、明治以後の日本文学と、近代の歴史小説、時代小説についての知識が光文社でも認めるほど、くわしかった、ということもあったかもしれない。

しかし実はそれだけではなかった。清張さんには、私を見下せる、ある実力があったのだ。その瞬間になるまで、そんな力があるとは予想もしなかったのだ。

やはり私たちは、まったく同等の知識をもつ同士では、本当の仲よしにはなれないもの。自分のほうが確実に相手より上だ、という分野をもっていないと、いばれないものなのだ。

私が驚いたのは、清張さんは英会話に堪能《たんのう》だったことだ。それを知ったのは、あるとき、アメリカから名のある推理作家が来たときだった。

清張さんが私に「一緒に行こう」と誘ったほどだったので、恐らく相当著名な推理作家だったのだろう。私はそちらに疎いので、名前を忘れてしまったが、ホテルで一緒に食事をとったのだった。

ところが清張さんは発音が日本語式で「アイ　シー、アイ　シー」と、うなずくのだが、話し始めると、驚くほど雄弁なのだ。

私は聞くことはできても、英会話が苦手で、この一日で「外語出身」のメッキが剝《は》がれてしまった。

以後、清張さんは「きみは外語だったな」と、私をからかうのだが、これでわかるように、清張さんは何事にも勉強熱心だった。

私は何十回、いや何百回、清張さん宅に通ったかわからないが、清張さんが家族部屋（玄関を入って向かって左側）から玄関に出てきたのは、数回あるかないかで、ほとんどは書斎から降りてくる。

ということは、原稿を書いているか、書斎に誰か客がいるか電話中か、ということであり、つまりは勉強や取材をしている、ということなのだ。

この勉強中が曲者《くせもの》で、英会話を習っているかもしれず、古代史について、諸先生方と長い電話をしているのかもしれない。

極論するならば、二六時中（十二時間）ではなく、四六時中（二十四時間）勉強しているということなのだ。清張さんの場合は、一日の中に睡眠時間は含まれていない。

私は週刊誌の編集長に、三十一歳のとき抜擢《ばってき》されたが、そのときの理由が、

「きみは寝ないで働ける男だから、週刊誌の編集長に向いている」

というものだった。

社長は私が夜から清張先生宅に入り浸り、朝、先生のお宅から出社していることを知っていたのだ。

この清張さんから教えられた知識のふやし方で、私が便利に、いまでも使っている秘密の方法を書いておこう。


「一度に三つ覚えなさい」


というものだ。

これはどういうことかというと、一例として「始祖《しそ》」の字を国語辞典で引くとした

ら、その前の「自然淘汰《しぜんとうた》」と、その後ろの「紫蘇《しそ》」の字も覚えてしまえ、というのだ。

こうすると、人の三倍の知識量になるという。清張さんは小学校高等科までしか行けなかったので、この方法で日本語と英語、あるいは漢字、人名、時代など、いっぺんに人の三倍を記憶したのだ。

私も清張さんに教えられてから今日まで、この方法で人の三倍の知識量を身につけるようにしてきたが、天才といわれる人でも、こういう工夫をしているのだと、私はひどく感動した思い出がある。

「四十年間働こう」という約束

「男と男の約束」という言葉があるが、清張さんとの約束は、一つのことを始めたら、

四十年間つづける、というものだった。これが、定年までの勤続年数になっていると
いうのだ。
この約束は、清張さんと知り合った昭和二十八年（一九五三年）に交わされたもの
で、いい出したのは清張さんのほうだ。

「櫻井君、互いに新人なのだから、四十年間この道で働いていこう」

清張さんは、私にそういったのだった。
いま思うと、清張さんは、自分自身を励ます意味でいい出したような気もする。
前にも書いたように、この年、芥川賞を受賞後、なかなかいい作品が書けなかった。
「自分には才能がない」という手紙を寄越したのも、この頃だ。
人間というのは誰でもそうだが、若いうち、あるいは経験不足の頃は、自信より不安
のほうが大きい。大作家、松本清張といえども、その例外ではなかったということだ。

作家になったのは、他の同年代の誰よりも遅かったし、出身は九州の小都市だった。東京の華々しい文壇とは、まったく無縁だった。

そんな中、清張さんは上京したわけだが、「ここから新人として、四十年がんばるのだ」と本気で思っていたのだろう。

当時は五十八〜六十歳が定年となる時代で、仮に二十歳からスタートすれば、四十年間働くことになる。

「きみも新人、ぼくも新人」

というのが持論で、このとき清張さんは、

「ぼくは今年四十三歳だから、八十三歳まで書きつづける。櫻井君は六十二歳まで光文社で働きなさい」

といったのだ。

しかしこれでは、私のほうが二十歳若くして、引退することになる。私は「それでは不公平では?」というと、しばらく考えて、

「きみが新しい職業についたら、ぼくのように、その年から四十年間ということにしよう」

思いは本気でも、こういうときの清張さんは、少年のような顔になった。

いまの人たちは、むずかしい顔をした清張先生しか知らないので、こういった一面をもっていることに驚くかもしれない。

しかし誰でもスタート台に上ったときは、若々しいものなのだ。「きみとぼく」という表現ひとつにも若さが滲《にじ》み出ていることがわかるだろう。

清張さんは八十二歳で大往生を遂げている。

一九九〇年から連載していた「週刊文春」の「神々の乱心」は、一九九二年五月二十一日号をもって休載となった。脳出血を起こして入院したためだ。手術は成功したものの、その後七月には病状が悪化し、肝臓がんであることが判明したという。

清張さんの第一作『西郷札』が「週刊朝日」の「百万人の小説」に入選したのは、一九五一年であったが、それから丸四十年、書き続けたことになる。

そう、清張さんは約束を果たしたのだ。

では私は？　というと、編集者を辞めて五十五歳で独立。それから書き始めたので、作家としての定年は九十五歳になる。まだあと六年と少し残っている勘定だが、そのくらいは、まだ書きつづけられるだろう。清張さんに「約束を守りましたよ」と報告するのが楽しみだ。

面白いものをつくり、より多く売る

松本清張は共産党だ、という人がいる。いや「いた」というほうが正しいかもしれない。共産党の宮本顕治《けんじ》元委員長と親しかったこともあるし、作品の中には、政権や特権階級への憎悪も垣間《かいま》見られる。

しかし一部特権階級への憎悪は誰にもあるし、小説や歴史を書く上で、それらが爆発しなければ、読者に響かない、といっていいかもしれない。

私は清張さんとつき合ったことで、自分の編集者生活の幅が一段と広がったと思うし、口はばったいことをいわせていただくなら、清張さんも私から得たものがあると思っている。

というのも、昭和三十四年（一九五九年）春から「女性自身」の編集部員になり、私の編集方針や交際範囲を話すことで、ますます関係が緊密になっていったからだ。

私が清張さんから学んだのは「面白いものをつくり」「より多く売る」の二点だった。「面白くなければ小説ではない」という先生の信念は、前に書いたように、中国を訪れたときも、あちらの幹部の前で堂々と話しており、共産党の文芸担当幹部らを困惑させている。

私が「女性自身」編集長になったときも、ご馳走と一緒に頂いたのは「面白い雑誌にしなさい」という、激励の言葉だった。

だから昭和初期に、愛人の一物を切って逃げた阿部定《あべさだ》という女性を見つけてインタビューしたときも、創価学会第三代会長の池田大作氏にインタビューし、原稿を書いていただいた際も、私は清張さんに呼ばれて、くわしく話している。

つまり、私の編集方針は、清張さん好みというか、推理、社会、家庭、恋愛、時代の動き、宗教、小説と、広く題材を捉える清張方式を、女性誌で活用する編集者として、いつもほめられていたのだ。

あるときは、駅前で拾ったお金を駅の遺失物係にもっていったら、それは駅側のものになるが、駅前交番に届けたら、一年たっても落とし主が現れない場合、届け主のものになる、といった記事を載せたことがあった。

同じように、店側が釣り銭を間違えて多く客に渡した場合、○○メートル離れたら、店側のものではなく、客のものになる――といった記事を載せたことがあった。

ところが名古屋でこの記事を悪用した女性がいたというので、あちらの警察から、編集長の私に問い合わせがあったのだ。こんなことは極秘なので、誰も知らないと思っ

ていたら、なんと！　清張さんから電話があり、

「これは面白い！　いい記事だ！」

「くわしく聞かせなさい」と、催促があったのだ。このときほど清張さんの取材力に驚いたことはない。愛知県警かどこかの署に、ネタ元がいる、ということだからだ。

作家の中の、もう一人の人格

同じように「山口組」に関わる記事でも、似たようなことがあった。

美空ひばりと小林旭《あきら》の離婚記事だったが、「女性自身」の中心連載「シリーズ人間」に掲載されたものだった。題して「美空ひばり・その離婚使者の記録」。

このとき山口組三代目・田岡一雄組長の代理の方から電話をもらい、「神戸に来て話

を聞かせてほしい」と丁重に招かれたのだった。

記事を書いたのが当時の山口組若頭、宇田輝夫氏だったからだ。

丁重に招かれたからといって、百万部の大週刊誌編集長が、山口組本部に行っていいものか、役員会議となった。下手をすれば、帰ってこられないかもしれない。

ところがこの記事を読んだ清張さんは「菊池寛賞」に推薦したい、といってきたのだ。菊池寛賞とは、文芸、映画などのさまざまな分野で業績をあげた個人や団体を表彰するもので、清張さんは山口組の組長に記事を書かせたこと自体「画期的だ」と私をほめたのだった。

清張さんは「ともかく面白い！」と、私を激賞したのだが、もう一つの思惑は、菊池寛賞の候補作品にすることで、私の身の危険を排除してくれようとしたのだ。

しかし、山口組を統括する田岡一雄という人物は、驚くほどの人物だった。

私の代理として山口組本部の門をくぐった副編集長を、丁重に遇しただけでなく「これからもよろしく」と、不問に付したのだ。

どうもその理由は「この雑誌の編集長は度胸がある」というものらしかった。この離婚に関しては、表向きの理由の裏に、田岡組長の計らいがあるのだが、それを否定した内容になっていたのだ。

この話にはつづきがある。それから数年後に会社側は「光文社闘争」という事件で、労働組合と対立し、役員全員が光文社を辞めざるを得なくなる。最年少で役員になったばかりの私も例外ではなかった。ところが、その直前に、田岡一雄組長の意を伝える手紙を自宅で受け取ったのだ。

くわしい中身は書けないが、一言でいえば「会社を辞めたら京都に住んで、若い者に雑誌を読む習慣をつけてくれまいか」という、驚くべきものだった。

そしてそこには、くわしい条件が書かれてあり「自分の代理として、白神英雄組長を上京させる。信頼して私の願いを聞いてほしい」となっていた。

この話は、さすがに清張さんにも全部話すことができず、私は、作家で作詞家の川《かわ》内康範《うちこうはん》に相談している。

川内康範といえば、二〇〇六年（平成十八年）に起きた森進一との「おふくろさん騒動」でもわかるように、名作詞家であると同時に希代の硬骨漢《こうこつかん》だ。私の後見役となり、やくざのからむ芸能界でのトラブルを処理してくれた大事な作家だった。

ちなみに「おふくろさん騒動」とは、歌手の森進一が持ち歌である「おふくろさん」を紅白歌合戦で歌った際、作詞家の川内康範に許可なく、オリジナルの台詞《せりふ》を入れたことで、川内は著作権侵害を訴え、森進一は「この歌を封印する」と宣言した。

ここでは、これ以上の説明は控えるが、川内康範は多くの友人の兄貴的な存在として、陰になり日なたになって力になるような人であった。森進一にとっても、そういう存在であったはずで、この騒動が解決しないまま、川内さんが亡くなったことは、残念でならない。

それはともかく。松本清張先生だけでなく、作家の中には、書斎の中に、もう一人、別の人格をもっている男もいるのだ。

私が自分以外には誰も見ていない書斎の中の作家として名前をあげるならば、松本清張以外には、川内康範、三島由紀夫、五味康祐の三人がいる。

もちろん書斎の中を見ている編集者は何人もいたろうが、私には作家とは異なる素顔と側面を見せていたのだ。この三人の作家についても、書く時期が来たら、語ってみたいと思っている。

三人の作家の、それぞれの「五十万円」

これは昭和三十一年(一九五六年)頃のことだったと思う。

私は二十五歳だったが、すでに松本清張と、剣豪ブームを起こしていた五味康祐、それに直木賞作家の檀一雄や、『麻雀放浪記』(角川文庫)の作者で、自身もマージャンの天才だった阿佐田哲也など、当時の流行作家を担当していた。阿佐田は編集者出身で、別の社ではあったが、出版界に飛び込んだ年が私と同期だったこともあって親しかった。

大衆小説誌には小説以外にマンガの連載もあり、「面白倶楽部」には、私が企画した、やなせたかしのマンガも載っていた。

やなせは、のちに「アンパンマン」で有名になったが、当時はマンガ家になったばかりで、年齢は違うものの新人同士、仲のいい間柄になっていた。

こんなとき、偶然にも三人の作家の金銭感覚を知ったのだった。

五味康祐は、阿佐田哲也のマージャンの先輩格で、二人とも天才的な打ち手だったが、あるとき私に、

「今日は負けに行くマージャンの会があるので、念のため一緒に来てくれ」

と、思いがけないことをいった。

よく訊けば、銀座のママがやくざの親分と一戦を交えなければならないので、自分が入って負けてやるのだという。

よくわからない勝負の世界だが、やくざに勝ったら、あとが恐ろしいのだろう。このとき五味さんは新聞社に立ち寄り、原稿料の前借りをして勝負に臨み、朝までにきれいに五十万円負けて支払った。

この頃の私の給料は、一万円プラスアルファくらいだったことを考えれば、いかに当時の売れっ子作家の収入が大きかったか、わかるのではあるまいか。

同じ頃、これも超流行作家だった檀一雄は、彼の全作品中の最高傑作『火宅の人』を書いていた。前にも書いた通り、この『火宅の人』の主人公は檀さん本人であり、ホテルで女優と同棲していたのだ。

あるときホテルに原稿を頂きにあがると、フロントで長期滞在費を支払って来てくれと、檀さんから渡されたのが五十万円だった。

さらに別の日、松本清張のお宅に伺ったとき、清張さんは、珍しく一人で応接間にいて電話中だったが、その電話はすぐ終わって、「今日は朝から五十万円儲けた」と株の話をしだしたのだった。

当時の五十万円は、いまの五百万から一千万円くらいに当たるのだろうが、三人の作家の生活観に、それぞれ特徴があるので、鮮明に記憶に残っている。

いまはこれほどの度胸のある作家はいない。小説が売れなくなってきたからだが、それに代わって、いまは新しい経営者層には、こういうお金の使い方をする人たちがいるのではあるまいか？

この話には後日談がある。

この話だけだと、清張さんという作家が、いかにも貪欲に思われてしまう。しかし実際はそうではなかった。

ある日、応接間に入ると、見慣れない絵が一枚が飾られていた。たった今、自分で壁に飾り、それを近くで鑑賞したり、少し遠くに離れて、じっと観ている、という感じだった。

「いい絵ですね。どなたの作品ですか？」

「Yさんの静物画だよ」

「実物を初めて観ましたが、さすがですね」

「うむ、息子がどうしても買ってもらえないか、というのだよ」

「息子というと、あの社の編集長ですか？」

「そうだよ。作品番号に載っていないので、価値は下がるのだけど、あのときの株の金があるので、引き取ってあげたのだよ」

どうも話をよく聞くと、有名な洋画家の息子で、大出版社の編集長をしているY氏が金に窮して、家からもち出した父親の作品を買ってくれないかと、頼みにきたのだという。

大出版社の編集長で、どうしてお金に窮するのかと思う人もいるかもしれないが、編集長だからこそ、会社には請求できない支払いもあったのだろう。

「小品だし、まだ市場に出ていないので、それほどの価値はないが、彼を助けてやらないと」

このとき私は、清張さんの優しさに胸を打たれたのだった。夫人も知る貯金であれば、そう簡単に動かせるものではない。

その点、株の利益は自分の一存で、どうにでもなる。それを、こういうときに使う清張さんに感動したのだった。

清張さんに見た「遊び」への嫌悪

松本清張という人間は多くの人によって語られているが、先生の人物観は、角度と立場によって大きく異なる。まず働き者でなければ優遇しないし、評価も低い。それは編集者でも、他の作家でも同じだった。私が書斎の中で聞いたところでは、川端康成、三島由紀夫、舟橋聖一、五味康祐の四人の評価は非常に低かった。

「そうは思わないかね?」

という言葉は、この四人を語るときの常套句《じょうとうく》だった。

では何を「そうは思わないのか」と、私に共鳴を求めているかというと「遊びへの嫌悪」だった。

川端康成は芸者遊びと骨董品集め、三島由紀夫には「楯《たて》の会」のおもちゃの軍隊、舟橋聖一は芸者遊び、五味康祐にはマージャンと銀座遊び――自分は前半生を貧乏のどん底で過ごし、中学校へも行けなかったのに、川端、三島、舟橋の三人に至っては、東大を出たというだけでチヤホヤされている、という嫉妬心だった。

奇《く》しくもこの四人の作家は、私の担当だった。そこで仕方なく知らんふりをして、話を聞いたのだが、五味康祐だけはどうにもならなかった。

清張さんと同期の芥川賞受賞作家であり、私が力を入れて剣豪作家に仕立てたことを、誰よりもよく知っていたからだ。

しかし自分もそのうちに、銀座や赤坂に出入りしなければならなくなったので、この四人への憎悪感は下火になっていったのだが。

とはいえ、作品に対する敵愾心《てきがいしん》は、一生を通してなくならなかったのではあるまいか。私は「それでこそ先生だ！」という立場を取っていた。

件《くだん》の作家がいい作品を発表したときは、わざと「世間の評判がいい」と話して口惜しがらせた。前にもいったように、清張さんのすごい点は、本当に獣のように唸るところだった。もし録音していたら、これも大きな話題になったところだった。ただ唸るだけで、けっして「そんなにいい作品ではないだろう？」と、ケチをつけることはなかった。

その負けず嫌いな点が、私は好きだった。いわば男と男の勝負であり、どちらがすぐれた作品を書くか、どちらが世間の評価を得るか――に賭けていたのだ。

そして私と非常にうまが合ったのは、長篇ではなく、短篇こそ小説である、と思っていた点だった。それはいかにも芥川賞作家らしかった。直木賞は基本的に「物語性と長篇」が中心であり、芥川賞は「短篇と芸術性」が重要だった。

これは清張さんだけでなく、多くの作家にそれは共通していた。

だから長篇を書いていても、できれば短篇も書きたかったのだ。また新聞や雑誌の「小説時評」では、長篇は完結してからでなければ評価は出なかった。その点、短篇は毎月、評論されるので、活躍しているように見えるのだった。

編集担当者としての役割を終えて

私と清張さんにとって幸運だったのは、私の入社翌年（一九五四年）から光文社がカッパ・ブックスを創刊したことだった。それまでの光文社は小説を出していたが、それほどパッとしない作品が多かった。

他社を圧倒していたといえば、江戸川乱歩先生のものくらいだったろうか。いわゆる大衆小説は雑誌では読まれても、単行本ではあまり売れなかった。まだ小説を買って読むだけの収入が、読者層になかったのだ。それだけ新刊本は月給に対して、まだ高かったのだ。

いわゆる貸本屋が全盛を極めていた。ちょうど今のブックオフと同じようなもので、安く本を読むことができた。

また社会状況から考えると、ようやく大学に進学する男女が多くなり、一九五九年（昭和三十四年）、聖心女子大出身の正田美智子さんが皇太子妃になったことで、特に女性の進学率が飛躍的に高まったのだ。

この風潮を当時、光文社の常務だった神吉晴夫がキャッチして、新しい世代向けに教養書を新書版で出版し、ベストセラーを連発したのだった。

このカッパ・ブックスが成功したことで、一九五九年（昭和三十四年）の十二月に「カッパ・ノベルス」を創刊することになった。

この創刊第一作に松本清張先生を起用しよう、という話が持ち上がったのだ。それには櫻井が先生と仲がいいので、彼に先生を引き合わせてもらおう、という話になった。担当は私と同期の伊賀弘三良君と、先輩格の松本恭子さんに決まった。

清張さんにとって幸運だったのは、松本さんが欧米の推理小説の専門家だったことだ。私は読者代表のような編集者だったが、彼女は単行本の編集者だけあって、推理小説の読み手であり、最新動向まで知っている専門編集者だった。

さらに清張さんに幸運だったのは、彼女のお姉さんが講談社の編集者だったこともあり、講談社の出版局ともつながっていったことだ。

それまでは、娯楽小説誌の編集者である私とつき合っていただけだったが、新しい小説出版シリーズ「カッパ・ノベルス」のトップバッター二冊の中の一冊として、起用されることが決まったのだ。

第一作は『ゼロの焦点』。担当は伊賀弘三良君だった。この作品は月刊「宝石」に連載されたもので、すでに原稿になっていた。

ちなみに、月刊「宝石」は一九四六年（昭和二十一年）に岩谷書店で創刊された探偵小説雑誌だったが、経営悪化により一九五六年（昭和三十一年）から版権は宝石社に移行。翌年一九五七年から六二年（昭和三十七年）までは、作家の江戸川乱歩が編集人となっていた。ただし、一九五九年頃からは体調不良により実質的な編集は後任に譲り、一九六四年に宝石社は倒産、光文社が版権を買い取り、一九六五年（昭和四十年）十月より、男性向け月刊総合雑誌として再刊した。

光文社の「カッパ・ノベルス」は、一九七〇年代には、小松左京の『日本沈没』（三百八十万部）をはじめ、赤川次郎の三毛猫ホームズシリーズ、西村京太郎の十津川警部シリーズなど、多くのベストセラー、看板シリーズが発刊された。

一九五九年の創刊当時のスタートはあまりよくなかったが、それでもこの『ゼロの焦点』は健闘していた。

そして、松本清張の名を一挙に高めたのは、この一年半後、一九六一年（昭和三十六年）七月に「カッパ・ノベルス」から出版された『砂の器』だろう。この作品は現在に至るまで、何度も映画化、テレビドラマ化されているが、推理小説としては不朽の名作ではあるまいか？

この一九六一年という年は、清張さんにとっても、この私にとっても、非常に大きな年だった。

清張さんは初めて、国税庁発表の一九六〇年度所得額の作家部門で、一位になったのだ。つまり前年度の総収入が、全作家の中でトップになったということで、これはベストセラー作家として、確固たる地位を得たということでもある。

ここで私の役目は終わった、といっていいかもしれない。その意味でも、私にとって非常に大きな年でもあった。

もっとも私は一九五九年（昭和三十四年）から「女性自身」に移り、『波の塔』を初めとして『風の視線』『水の炎』など、恋愛小説を連載していただいていたが、その後、編集長になると、ほとんどご自宅に伺えなくなってしまった。

そうなると、他社の編集長とそれほどの違いはなくなってしまう。

そして今度は、伊賀弘三良君の出番になっていくのだった。

伊賀君は「カッパ・ノベルス」創刊編集長で、のちに「カッパ・ブックス」の編集長を兼任。「月刊宝石」誌の編集長も歴任した。

清張さんが亡くなった日

清張さんが亡くなったのは一九九二年（平成四年）の八月四日だった。享年八十二だった。

この日、私は東京にいなかったので、通夜に伺えなかった。私が伺ったのは八月十日の青山葬儀所での「おわかれ会」だった。

夫人にお悔やみの言葉を申し上げると、

「櫻井しゃん、どうして来てくれなかったの？」

と、人目もはばからず、そこでしゃべり始めたのだった。後ろには挨拶を待つ方々が列をつくっているのに、夫人はお構いなしだった。

夫人にとって、私は子どものような存在だったのだろうし、もっとも若い頃からの編集者として、私といろいろ話したかったのだろう。

私の役目は終わったと、勝手に思っていたが、そうではなかった。改めて未亡人になった立場を、何かと支えていかなければならないと心に誓ったのだった。

それからの未亡人は、自分から、私の事務所に電話をかけてくるようになった。そうしたことは、清張さんがお元気なときにはないことだった。

「松本清張賞」に出席できないか、という連絡もあったし、前にも書いたように、北九州の松本清張記念館に連れて行ってくれないか、という連絡もあった。

夫人は足腰が少し悪くなっていたので、一人では不安だったのだ。しかし電話の声は、実に元気なのだ。最後には車椅子で外出するようになったが、私が最後に会ったときも、いつもと同じように少し早口な話し方は変わらなかった。

清張さんとの思い出は、私の人生においては貴重で、それこそ、いまになって思えば刺激的なことばかりだった。ふだんは忘れていても、こうして改めて振り返ってみると、さまざまなシーンが浮かび上がる。それらのシーンのあちこちに、夫人の姿があるのだ。

大学を出たての新人編集者のときに出会ってから、清張さんは、大作家への階段を瞬く間に駆け上っていった。それを間近に見ることができたことは、編集者として、何にも代え難い体験だった。

なんて幸せな編集者人生だっただろうか。

清張さんと直子夫人、お二人のことを思うたび、そう感じずにはいられない。

本当にすばらしい作家ご夫妻と出会えたことに、感謝するのみである。

最後に、清張さんの次の言葉をあげておきたい。

「長い間、皆に世話になった。我が儘《まま》を云ってすまない。礼を云います。

自分は努力だけはしてきた。それは努力が好きだったからだ。思うように成果はなかったけれども、八十歳になってもなお働くことができたのは有り難い。

ナヲ（夫人）は気持ちをゆったりとして長生きし、老後を楽しんでほしい。これまでの苦労を深く感謝する。

皆いつまでも元気でいるように。子供達を大切にするように。

以上

一九八九年六月十日夜記す

松本清張

（週刊文春 シリーズ昭和④哀悼篇『昭和の遺書　魂の記録

——生きる意味を教えてくれる91人の「最後の言葉」』文藝春秋）

この遺書とも見られる一文を、清張さんは死の三年前に書いている。「文藝春秋」に一九九〇年（平成二年）一月号から連載がスタートした『草の径』の取材旅行のため、ヨーロッパに発つ前夜の日付けだという。

八十歳になることで、念のために書いたと思われるが、「努力が好きだった」という言葉こそ、松本清張の一生を表していた。

私個人には「一日十三時間を、机の前に座れ。そうすれば、必ず、いいものが書けるようになる」という言葉を残したが、自らそれを実践して、先に旅立っていった。

夫人が葬儀の参列者に渡したお礼の言葉も、あわせて紹介しておこう。

「お暑いなか、またお忙しいなかをおはこび頂きまして誠にありがとうございました。

松本清張は、四十余年の長きにわたり、創作に激しい執念をもやし、自分の人生を最後まで一生懸命に生きることができたことに満足して旅だったものと思います。

折りにふれて生前の夫のことを思い出していただければさぞ喜ぶことと存じます。

重ねてあつく御礼申し上げます。

八月十日

松本直子

子供一同」

夫人が「満足して旅だった」と書いている通り、まさに書き尽くしての壮絶な作家の死だった。

その死から、すでに四半世紀以上の時が過ぎたことは、実感としては信じ難い。清張さんのことを思い出すと、私は二十代の自分に戻ってしまう。清張さんも私の前に現れるときは、初めて会ったときの姿になる。

まるで、そこに原稿があるかのように、頭の中で構想した小説を読み上げる清張さんの声がよみがえってくるのである。

あとがき

六十六年前に遡《さかのぼ》って、清張さんに会って、心おきなく話した――。

本書を書き終えて、ついそんな感慨にひたってしまうほど、私にとって、この執筆は楽しい時間であった。

昭和を代表する大作家、松本清張先生とのご縁は、それが私の運命だったのだろうと思っている。人には誰にも、生まれてきた目的があるものだが、私のそれは、松本清張という、一人の作家との出会いだったように思うのだ。

この六十六年を振り返ることは、日本の文学史、戦後の出版界を振り返ることにもなった。これからの文学、これからの出版界を担う人たちに、この本を読んでいただけたら、また一つ、使命を果たせるように思う。

ところで、作家担当の編集者というのは、喜びとともに寂しさもある。無名の新人がベストセラー作家になるにつれ、どうしても離れていくからだ。もちろん新人担当でなければ、こういうことはないが、その分楽しみも少ない。すでに有名になっていれば、仮に腕をふるったとしても、編集者の力ではないからだ。

私にはもう一人、同時期に担当した五味康祐という新人作家がいた。清張さんと一緒に芥川賞を受賞した作家だった。私より十歳上だったので、兄と弟のような関係になった。

「つき合いがある」というと、たいへん失礼だが、偶然にもこの二人の作家とは、そういう関係で、死ぬまで肉親のようなつき合いがつづいた。

その意味で、編集者冥利《みょうり》に尽きる人生だった。ただこれは、なにも編集者に限らず、どんな職業や立場にも、あり得る関係ではなかろうか？

そういう親しい関係をもてる、友人やメンターに巡り合うよう、積極的に行動することが大切なのだと思う。

かつての私は、年下の立場から、こういう百年に一人の天才作家とおつき合いができたが、いまは反対の立場に立って、若い人たちが遠慮なくしゃべれる環境をつくらなければならないと思う。

若い人たちは、いつでも貴重な新しい知識と考えをもっている。もう間もなく九十代に入る人間として、私も清張さんではないが、

「面白いかね？」

と訊き、それらの人々に「面白い！」といってもらえるような人生を送りたいと思う。ぜひ私のところに来て、深夜まで話し込んでほしい。コーヒーはいつでも用意してあるので――。

櫻井秀勲

松本清張　年表

1909年（0歳）……12月21日　生まれる。

1920年（11歳）……家族で小倉市に移ったため、天神島尋常小学校に転校。

1922年（13歳）……板櫃《いたびつ》尋常高等小学校に入学。

1924年（15歳）……板櫃尋常高等小学校を卒業したのち、株式会社川北電気企業社（現在のパナソニック エコシステムズ株式会社の源流）小倉出張所の給仕に就職。

1927年（18歳）……出張所が閉鎖され失職。

1928年（19歳）……高崎印刷所にて石版印刷の見習いとなる。

1929年（20歳）……3月、仲間がプロレタリア文芸雑誌を購読していたため、「アカの容疑」で小倉刑務所に約2週間留置された。

1931年（22歳）……転職先から高崎印刷所に戻ったが、博多の嶋井精華堂印刷所で半年間見習いとなり、後に高崎印刷所に三度、復帰。

1936年（27歳）………11月、佐賀県人・内田ナヲと見合い結婚。

1937年（28歳）………2月、高崎印刷所を退職、自営の版下職人となる。

1938年（29歳）………長女が誕生。

1939年（30歳）………朝日新聞西部支社、広告部の嘱託として契約。

1940年（31歳）………長男が誕生。

1942年（33歳）………次男が誕生。

1943年（34歳）………朝日新聞西部支社、広告部意匠係に所属する正社員となる。

1944年（35歳）………6月、臨時召集の令状が届き、12月に陸軍衛生一等兵となる。

1945年（36歳）………家族が疎開していた佐賀県神埼町の農家へ帰還、朝日新聞社に復職。

1946年（37歳）………三男が誕生。

1951年（42歳）………第1作めの小説『西郷札』が「週刊朝日」の「百万人の小説」三等に入選。

1952年（43歳）………「三田文学」に「記憶」「或る『小倉日記』伝」を発表。

1953年（44歳）………「或る『小倉日記』伝」で第28回芥川賞を受賞。

『オール讀物』に投稿した「啾啾吟」が第1回オール新人杯佳作。

1954年（45歳）……12月1日付で朝日新聞東京本社に転勤となり、単身で上京。

7月、一家が上京し、練馬区関町の借家に住む。

1956年（47歳）……5月31日付で朝日新聞社を退社。

9月、日本文芸家協会会員。

1957年（48歳）……練馬区石神井に転居。

短編集『顔』が第10回日本探偵作家クラブ賞（現・日本推理作家協会賞）を受賞。

1959年（50歳）……『小説帝銀事件』で第16回文藝春秋読者賞を受賞。

1961年（52歳）……前年度の高額納税者番付で作家部門の1位になる。

杉並区高井戸に転居。直木賞選考委員になる。

1963年（54歳）……江戸川乱歩の後を受けて日本推理作家協会理事長になる。

1964年（55歳）……単行本の発行部数が３００万部を突破。

1967年（58歳）……『昭和史発掘』『花氷』『逃亡』で第1回吉川英治文学賞、『砂漠の塩』で第5回婦人公論読者賞。江戸川乱歩賞選考委員を務める。

1969年（60歳）……カッパ・ノベルス版の発行部数が1千万部を突破。

1970年（61歳）……『昭和史発掘』などの創作活動で第18回菊池寛賞、『日本の黒い霧』『深層海流』『現代官僚論』で日本ジャーナリスト会議賞受賞。

1971年（62歳）……日本推理作家協会会長に就任。

『留守宅の事件』で第3回小説現代ゴールデン読者賞（昭和46年上半期）受賞。

1976年（67歳）……毎日新聞社の全国読書世論調査で「好きな著者」の1位に。

1978年（69歳）……11月、映画・テレビの企画制作を目的とする「霧プロダクション」を設立。

1983年（74歳）……19作品、24回の新作ドラマが放送される。

朝日放送の取材に同行し、インド、中国を訪問。北京で周揚・中国文学芸術界連合会主席、馮牧・中国作家協会副主席と会談した。

1986年（77歳）……『点と線』の英訳（ペーパーバック版）が発売された際、『ニューヨーク・タイムズ』紙上で、「伝統的なものではあるが、息もつかせぬ探偵小説」として紹介された。

1987年（78歳）……フランス東部グルノーブルでの第9回「世界推理作家会議」に招待され、日本の推理作家として初めて出席、講演を行った。

1990年（81歳）……「社会派推理小説の創始、現代史発掘など多年にわたる幅広い作家活動」で1989年度朝日賞受賞。

1992年（82歳）……4月20日、脳出血のため東京女子医科大学病院に入院。7月に病状が悪化、肝臓がんであることが判明し、8月4日に死去。

1993年……日本文学振興会が松本清張賞制定。

1998年……北九州市立松本清張記念館が開館。

2009年……北九州市が生誕100年記念事業を実施。幼少時の滞在地を含む清張ゆかりの全国各地で展開された。

2014年……鳥取県日南町の日野上地域振興センターに、松本清張資料室がオープン。

2019年……3月16日～5月12日、県立神奈川近代文学館で特別展「巨星・松本清張」が開催された。

松本清張　主な小説作品リスト

＊年代は書籍化された出版年、出版社は出版年当時の版元を基準とする
＊『　』内は書籍化された際の書名、ただし『小倉日記』は除く
＊（　）内は初出、掲載媒体

1953年（昭和28年）……………

・「或る『小倉日記』伝」『戦国権謀』文藝春秋新社（「三田文学」1952年9月号）
・「梟示抄」『戦国権謀』文藝春秋新社（「別冊文藝春秋」1953年2月号）
・「啾啾吟」『戦国権謀』文藝春秋新社
（「オール讀物」1953年3月号、「第1回オール新人杯」佳作［1952年］）
・『戦国権謀』文藝春秋新社（「別冊文藝春秋」1953年4月号）
・「英雄愚心」『戦国権謀』文藝春秋新社（「別冊文藝春秋」1953年8月号）
・「菊枕　ぬい女略歴」『戦国権謀』文藝春秋新社（「文藝春秋」1953年8月号）

1954年（昭和29年）……………………

・「三位入道」『奥羽の二人』和光社（「オール讀物」1953年5月号、旧題「行雲の涯て」）

・「贋札つくり」『奥羽の二人』和光社（「別冊文藝春秋」1953年12月号）

・「湖畔の人」『奥羽の二人』和光社（「別冊文藝春秋」1954年2月号）

・『奥羽の二人』和光社（「文藝春秋」1954年4月号）

・「転変」『奥羽の二人』和光社（「小説公園」1954年5月号）

1955年（昭和30年）…………

・『西郷札』東京高山書院タヌキ・ブックス

（「週刊朝日別冊」春季増刊号3　1951年3月15日号）

・「火の記憶」『悪魔にもとめる女』鱒書房コバルト新書

（「小説公園」1953年10月号、旧題「記憶」）

・「青春の彷徨」『悪魔にもとめる女』鱒書房コバルト新書

（「週刊朝日別冊」時代小説傑作集1953年6月号、旧題「死神」）

・「恐喝者」『悪魔にもとめる女』鱒書房コバルト新書

（「オール讀物」１９５４年９月号、旧題「脅喝者」）
・『徳川家康　江戸幕府をひらく』大日本雄辯會講談社

１９５６年（昭和31年）……………

・『柳生一族』大日本雄辯會講談社（「小説公園」１９５５年10月号）
・「父系の指」『風雪』角川小説新書（「新潮」１９５５年９月号）
・「張込み」『顔』講談社ロマン・ブックス（「小説新潮」１９５５年12月号）
・「山師」『乱世』新潮社小説文庫（「別冊文藝春秋」１９５５年６月号、旧題「家康と山師」）
・『信玄軍記』河出新書（「小説春秋」１９５６年３－５月号）
・「殺意」『顔』講談社ロマン・ブックス（「小説新潮」１９５６年４月号）
・『顔』講談社ロマン・ブックス（「小説新潮」１９５６年８月号）
・「市長死す」『顔』講談社ロマン・ブックス（「別冊小説新潮」１９５６年10月号）

１９５７年（昭和32年）……………

・『決戦川中島』大日本雄辯會講談社（「中学コース」１９５４年５月－１９５５年３月号）
・『大奥婦女記』講談社ロマン・ブックス（「新婦人」１９５５年10月－１９５６年12月号）

・『野盗伝奇』光風社書店（「西日本スポーツ」1956年5月16日－9月9日号）
・『佐渡流人行』新潮社小説文庫（「オール讀物」1957年1月号）
・「声」『森鷗外・松本清張集（文芸推理小説選集1）』文芸評論社
（「小説公園」1956年10・11月号）
・「共犯者」『森鷗外・松本清張集（文芸推理小説選集1）』文芸評論社
（「週刊読売」1956年11月18日号）
・「鬼畜」『詐者の舟板』筑摩書房（「別冊文藝春秋」1957年4月号）
・「一年半待て」『白い闇』角川小説新書（「週刊朝日別冊・新緑特別読物号」1957年4月）
・「地方紙を買う女」『白い闇』角川小説新書（「小説新潮」1957年4月号）
・「白い闇」『白い闇』角川小説新書（「小説新潮」1957年8月号）
・「捜査圏外の条件」『詐者の舟板』筑摩書房（「別冊文藝春秋」1957年8月号）
・「カルネアデスの舟板」『詐者の舟板』筑摩書房（「文學界」1957年8月号）

1958年（昭和33年）……………

・『小説日本藝譚』新潮社（「藝術新潮」1957年1－12月号、旧題「日本藝譚」）

・「古田織部」『小説日本藝譚』新潮社（「藝術新潮」1957年1月号）
・「世阿弥」『小説日本藝譚』新潮社（「藝術新潮」1957年2月号）
・「千利休」『小説日本藝譚』新潮社（「藝術新潮」1957年3月号）
・「運慶」『小説日本藝譚』新潮社（「藝術新潮」1957年4月号）
・「鳥羽僧正」『小説日本藝譚』新潮社（「藝術新潮」1957年5月号）
・「小堀遠州」『小説日本藝譚』新潮社（「藝術新潮」1957年6月号）
・「写楽」『小説日本藝譚』新潮社（「藝術新潮」1957年7月号）
・「光悦」『小説日本藝譚』新潮社（「藝術新潮」1957年8月号）
・「北斎」『小説日本藝譚』新潮社（「藝術新潮」1957年9月号）
・「岩佐又兵衛」『小説日本藝譚』新潮社（「藝術新潮」1957年10月号）
・「雪舟」『小説日本藝譚』新潮社（「藝術新潮」1957年11月号）
・「止利仏師」『小説日本藝譚』新潮社（「藝術新潮」1957年12月号）
・『点と線』光文社（「旅」1957年2月－1958年1月号）
・『眼の壁』光文社（「週刊読売」1957年4月14日－12月29日号）

・『無宿人別帳』新潮社（「オール讀物」1957年9月－1958年8月号）
・「流人騒ぎ」『無宿人別帳』新潮社（「オール讀物」1958年3月号）
・『黒地の絵』光文社（「新潮」1958年3・4月号）

1959年（昭和34年）……………

・『五十四万石の嘘』東都書房（「講談倶楽部」1956年8月号）
・「支払い過ぎた縁談」『紙の牙』東都書房（「週刊新潮」1957年12月2日号）
・「二階」『危険な斜面』東京創元社（「婦人朝日」1958年1月号）
・「拐帯行」『危険な斜面』東京創元社（「日本」1958年2月号）
・『ゼロの焦点』カッパ・ノベルス（「太陽」1958月1・2月号、「宝石」1958年3月－1960年1月号、「太陽」連載時の旧題「虚線」、宝石連載時の旧題「零の焦点」）
・『かげろう絵図』新潮社（「東京新聞夕刊」1958年5月17日－1959年10月20日）
・『蒼い描点』光文社（「週刊明星」1958年7月27日－1959年8月30日号）
・「遭難」『黒い画集1』光文社（「週刊朝日」1958年10月5日－12月14日号、「黒い画集」第1話として掲載）

・「愛と空白の共謀」『真贋の森』中央公論社（「女性自身」１９５８年12月12日号〔創刊号〕）

・「証言」『黒い画集２』光文社
（「週刊朝日」１９５８年12月21日－12月28日号、「黒い画集」第２話として連載）

・「坂道の家」『黒い画集１』光文社
（「週刊朝日」１９５９年１月４日－４月19日号、「黒い画集」第３話として掲載）

・「危険な斜面」『危険な斜面』東京創元社（「オール讀物」１９５９年２月号）

・『小説帝銀事件』文藝春秋新社（「文藝春秋」１９５９年５－７月号）

・「紐」『黒い画集２』光文社
（「週刊朝日」１９５９年６月14日－８月30日号、「黒い画集」第５話として連載）

・「寒流」『黒い画集２』光文社
（「週刊朝日」１９５９年９月６日－11月29日号、「黒い画集」第６話として連載）

・「天城越え」『黒い画集２』光文社
（「サンデー毎日・特別号」１９５９年11月、旧題「天城こえ」）

1960年（昭和35年）……………

・『黒い樹海』カッパ・ノベルス（「婦人倶楽部」1958年10月－1960年6月号）
・『波の塔』カッパ・ノベルス（「女性自身」1959年5月29日－1960年6月15日号）
・「草」『黒い画集3』光文社（「週刊朝日」1960年4月10日－6月19日号、「黒い画集」第9話として連載）

1961年（昭和36年）……………

・『影の地帯』カッパ・ノベルス（「河北新報」1959年5月20日－1960年6月1日刊）
・『黄色い風土』カッパ・ノベルス（「北海道新聞」1959年5月22日－1960年8月7日夕刊、旧題「黒い風土」）
・『歪んだ複写』カッパ・ノベルス（「小説新潮」1959年6月－1960年12月号）
・『霧の旗』中央公論社（「婦人公論」1959年7月－1960年3月号）
・『黒い福音』中央公論社（「週刊コウロン」1959年11月3日－1960年5月7日号）
・『高校殺人事件』カッパ・ノベルス（「高校上級コース」1959年11月－1960年3月号、

「高校コース」1960年4月－1961年3月号、旧題「赤い月」）
・『わるいやつら』新潮社（「週刊新潮」1960年1月11日－1961年6月5日号）
・『考える葉』カッパ・ノベルス（「週刊読売」1960年4月3日－1961年2月19日号）
・『砂の器』カッパ・ノベルス（「読売新聞」1960年5月17日－1961年4月20日夕刊）
・「確証」『影の車』中央公論社（「婦人公論」1961年1月号）
・「万葉翡翠」『影の車』中央公論社（「婦人公論」1961年2月号）
・「薄化粧の男」『影の車』中央公論社（「婦人公論」1961年3月号）
・「潜在光景」『影の車』中央公論社（「婦人公論」1961年4月号）
・「典雅な姉弟」『影の車』中央公論社（「婦人公論」1961年5月号）
・「田舎医師」『影の車』中央公論社（「婦人公論」1961年6月号）
・「小さな旅館」『駅路』文藝春秋新社（「週刊朝日別冊・緑陰特別号」1961年7月号）
・「鉢植を買う女」『影の車』中央公論社（「婦人公論」1961年7月号）
・「駅路」『駅路』文藝春秋新社（「サンデー毎日」1960年8月7日号）

1962年（昭和37年）……………………

・『球形の荒野』文藝春秋新社（「オール讀物」1960年1月－1961年12月号）
・『風の視線』カッパ・ノベルス（「女性自身」1961年1月3日－12月18日号）
・『連環』講談社（「日本」1961年1月－1962年10月号）
・『深層海流』文藝春秋新社（「文藝春秋」1961年1－12月号）
・『不安な演奏』カッパ・ノベルス（「週刊文春」1961年3月13日－12月25日号）
・『時間の習俗』カッパ・ノベルス（「旅」1961年5月－1962年11月号）

1963年（昭和38年）……………………

・「権妻」『青のある断層（松本清張短編全集2）』カッパ・ノベルス（「オール讀物」1953年9月号）
・「面貌」『青のある断層（松本清張短編全集2）』カッパ・ノベルス（「小説公園」1955年5月号）
・「山師」『青のある断層（松本清張短編全集2）』カッパ・ノベルス（「別冊文藝春秋」1955年6月号、旧題「家康と山師」）

・「青のある断層」『青のある断層（松本清張短編全集2）』カッパ・ノベルス
（「オール讀物」1955年11月号）
・「特技」『松本清張短篇総集』講談社（「新潮」1955年5月号）
・「腹中の敵」『松本清張短篇総集』講談社（「小説新潮」1955年8月号）
・「ひとりの武将」『松本清張短篇総集』講談社（「オール讀物」1956年6月号）
・「陰謀将軍」『松本清張短篇総集』講談社（「別冊文藝春秋」1956年12月号）
・「甲府在番」『鬼畜（松本清張短編全集7）』カッパ・ノベルス（「オール讀物」1957年5月号）
・「怖妻の棺」『松本清張短篇総集』講談社（「週刊朝日別冊」1957年10月号）
・「白梅の香」『西郷札（松本清張短編全集1）』カッパ・ノベルス
（「キング時代小説特集」1955年6月号）
・「くるま宿」『西郷札（松本清張短編全集1）』カッパ・ノベルス（「富士」1951年12月号）
・「張込み」『張込み（松本清張短編全集3）』カッパ・ノベルス（「小説新潮」1955年12月号）
・『火の縄』講談社（「週刊現代」1959年5月17日－12月27日号、旧題「雲を呼ぶ」）
・「結婚式」『眼の気流』新潮社（「週刊朝日別冊・陽春特別号」1960年5月）

・『落差』文藝春秋新社（「読売新聞」1961年11月12日－1962年11月21日刊）
・『水の炎』カッパ・ノベルス（「女性自身」1962年1月1日－12月17日号）
・「眼の気流」『眼の気流』新潮社（「オール讀物」1962年3月号）
・「事故」『事故（別冊黒い画集1）』ポケット文春（「週刊文春」1962年12月31日・1963年1月7日合併号－1963年4月15日号、「別冊黒い画集」第1話として連載）
・『神と野獣の日』カッパ・ノベルス（「女性自身」1963年2月18日－6月24日号）
・「熱い空気」『事故（別冊黒い画集1）』ポケット文春（「週刊文春」1963年4月22日－7月8日号、「別冊黒い画集」第2話として連載）
・「たづたづし」『眼の気流』新潮社（「小説新潮」1963年5月号）

1964年（昭和39年）……………………

・「疵」『殺意（松本清張短編全集4）』カッパ・ノベルス（「面白倶楽部・新春増刊号」1955年1月、旧題は「きず」）
・「破談異変」『鬼畜（松本清張短編全集7）』カッパ・ノベルス（「小説公園」1956年2月号）
・「いびき」『遠くからの声（松本清張短編全集8）』カッパ・ノベルス

（「オール讀物」1956年10月号）

・「蓆」『殺意（松本清張短編全集4）』カッパ・ノベルス（「小説新潮」1956年11月号）

・「通訳」『殺意（松本清張短編全集4）』カッパ・ノベルス

（「週刊朝日別冊・新春お楽しみ読本」1956年12月号）

・「左の腕」『遠くからの声（松本清張短編全集8）』カッパ・ノベルス

（「オール讀物」1958年6月号）

・『北の詩人』カッパ・ノベルス（「中央公論」1962年1月－1963年5月号）

・『けものみち』カッパ・ノベルス（「週刊新潮」1962年1月8日－1963年12月30日号）

・『天保図録』朝日新聞社（「週刊朝日」1962年4月13日号－1964年12月25日号）

・『花実のない森』カッパ・ノベルス

（「婦人画報」1962年9月－63年8月号、旧題「黄色い杜」）

・『相模国愛甲郡中津村』文藝春秋新社（「婦人公論」臨時増刊号1963年1月）

・『彩霧』カッパ・ノベルス（「オール讀物」1963年1月－12月号）

・『絢爛たる流離』中央公論社（「婦人公論」1963年1月－12月号）

・「断線」『陸行水行（別冊黒い画集2）』ポケット文春
（「週刊文春」1964年1月13日－3月23日号、『別冊黒い画集』第6話として連載）
・「紋」（「女性自身」1964年6月15日－12月21日号、未完、中絶）

1965年（昭和40年）……………

・『山峡の章』カッパ・ノベルス
（「主婦の友」1960年6月－1961年12月号、旧題「氷の燈火」）
・『彩色江戸切絵図』文藝春秋新社（「オール讀物」1964年1－12月号）
・「大黒屋」『彩色江戸切絵図』文藝春秋新社（「オール讀物」1964年1－2月号）
・「大山詣で」『彩色江戸切絵図』文藝春秋新社（「オール讀物」1964年3－4月号）
・「山椒魚」『彩色江戸切絵図』文藝春秋新社（「オール讀物」1964年5－6月号）
・「三人の留守居役」『彩色江戸切絵図』文藝春秋新社（「オール讀物」1964年7－8月号）
・「蔵の中」『彩色江戸切絵図』文藝春秋新社（「オール讀物」1964年9－10月号）
・「女義太夫」『彩色江戸切絵図』文藝春秋新社（「オール讀物」1964年11－12月号）
・『草の陰刻』講談社（「読売新聞」1964年5月16日－1965年5月22日刊）

1966年（昭和41年）……………

・『蒼ざめた礼服』カッパ・ノベルス
（「サンデー毎日」1961年1月1日－1962年3月25日号）

・「『静雲閣』覚書」『突風』海燕社（「週刊朝日別冊・中間読物特集号」1953年9月号）

・『突風』海燕社（「婦人公論」1961年8月号）

・『半生の記』河出書房新社（「文藝」1963年8月－1965年1月号、旧題「回想的自叙伝」）

・「脊梁」『ベイルート情報』ポケット文春（「別冊文藝春秋」1963年12月号）

・『溺れ谷』カッパ・ノベルス（「小説新潮」1964年1月－1965年2月号）

・『逃亡』カッパ・ノベルス
（「信濃毎日新聞夕刊」1964年5月16日－1965年5月17日、旧題「江戸秘紋」）

・『花氷』講談社（「小説現代」1965年1月－1966年5月号）

・『私説・日本合戦譚』文藝春秋（「オール讀物」1965年1－12月号）

1967年（昭和42年）……………

・『地の骨』カッパ・ノベルス（「週刊新潮」1964年11月9日－1966年6月11日号）

・『砂漠の塩』中央公論社（「婦人公論」１９６５年９月－１９６６年11月号）
・『葦の浮船』講談社（「婦人倶楽部」１９６６年１月－１９６７年４月号）
・『二重葉脈』カッパ・ノベルス（「読売新聞」１９６６年３月11日－１９６７年４月17日刊）
・「歯止め」『黒の様式』カッパ・ノベルス
（「週刊朝日」１９６７年１月６日－２月24日号、「黒の様式」第１話として連載）
・「犯罪報告」『黒の様式』カッパ・ノベルス
（「週刊朝日」１９６７年３月３日－４月21日号、「黒の様式」第２話として連載）
・「家紋」『死の枝』新潮小説文庫（「小説新潮」１９６７年４月号、「十二の紐」第３話として掲載）
・「微笑の儀式」『黒の様式』カッパ・ノベルス
（「週刊朝日」１９６７年４月28日－６月30日号、「黒の様式」第３話として連載）
・「年下の男」『死の枝』新潮小説文庫
（「小説新潮」１９６７年６月号、「十二の紐」第５話として掲載）
・「不在宴会」『死の枝』新潮小説文庫
（「小説新潮」１９６７年11月号、「十二の紐」第10話として掲載）

1968年（昭和43年）……………………

・『中央流沙』河出書房新社（「社会新報」1965年10月－1966年11月号）

・『Dの複合』カッパ・ノベルス（「宝石」1965年10月－1968年3月号）

・『紅刷り江戸噂』講談社（「小説現代」1967年1－12月号）

・「種族同盟」『火と汐』ポケット文春（「オール讀物」1967年3月号）

・『火と汐』ポケット文春（「オール讀物」1967年11月号）

・『火の虚舟』文藝春秋（「文藝春秋」1966年6月－1967年8月号）

1969年（昭和44年）……………………

・『小説東京帝国大学』新潮社
（「サンデー毎日」1965年6月27日－1966年10月23日号、旧題「小説東京大学」）

・「内海の輪」『内海の輪』カッパ・ノベルス
（「週刊朝日」1968年2月16日－10月25日号、「黒の様式」第6話として連載）

・「死んだ馬」『内海の輪』カッパ・ノベルス（「小説宝石」1969年3月号）

1970年（昭和45年）…………

・『人間水域』ノンブックス（「マイホーム」1961年12月－1963年4月号）

・「新開地の事件」『証明』ポケット文春（「オール讀物」1969年2月号）

・『アムステルダム運河殺人事件』朝日新聞社（「週刊朝日カラー別冊Ⅰ」1969年4月号）

・「証明」『証明』ポケット文春（「オール讀物」1969年9月号）

・「書道教授」『鷗外の婢』カッパ・ノベルス

（「週刊朝日」1969年12月19日－1970年3月27日号、「黒の図説」第4話として連載）

1971年（昭和46年）…………

・『強き蟻』カッパ・ノベルス（「文藝春秋」1970年1月－1971年3月号）

・「六畳の生涯」『生けるパスカル』カッパ・ノベルス

（「週刊朝日」1970年4月3日－7月10日号、「黒の図説」第5話として連載）

・『梅雨と西洋風呂』カッパ・ノベルス

（「週刊朝日」1970年7月17日－12月11日号、「黒の図説」第6話として連載）

・『聞かなかった場所』カッパ・ノベルス

（「週刊朝日」1970年12月18日－1971年4月30日号、「黒の図説」第7話として連載）

1972年（昭和47年）……………

・『喪失の儀礼』新潮社（「小説新潮」1969年1－12月、旧題「処女空間」）

・『遠い接近』カッパ・ノベルス（「週刊朝日」1971年8月6日－1972年4月21日号、「黒の図説」第9話として連載）

1974年（昭和49年）……………

・『象の白い脚』カッパ・ノベルス（「別冊文藝春秋」1969年8月－1970年8月号、旧題「象と蟻」）

・『風の息』朝日新聞社（「赤旗」1972年2月15日－1973年4月13日刊）

・『告訴せず』カッパ・ノベルス（「週刊朝日」1973年1月12日－11月30日号、「黒の挨拶」第1話として連載）

・「葉花星宿」『文豪』文藝春秋（「別冊文藝春秋」1972年6月号）

・「正太夫の舌」『文豪』文藝春秋（「別冊藝術新潮」1972年9月号）

・「行者神髄」『文豪』文藝春秋（「別冊文藝春秋」1973年3月－1974年3月号）

1975年（昭和50年）……………

・『混声の森』カッパ・ノベルス（「河北新報」1967年8月13日－1968年7月18日刊）

・『火の路』カッパ・ノベルス

（「朝日新聞」1973年6月16日－1974年10月13日刊、旧題「火の回路」）

1976年（昭和51年）……………

・『ガラスの城』講談社（「若い女性」1962年1月－1963年6月号）

・『象徴の設計』文藝春秋（「文藝」1962年3月－1963年6月号）

・「獄衣のない女囚」『高台の家』文藝春秋

（「週刊文春」1963年7月15日－10月14日号、『別冊黒い画集』第3話として連載）

・『黒の回廊』カッパ・ノベルス（「松本清張全集月報」1971年4月－1974年5月号）

・『渡された場面』新潮社

（「週刊新潮」1976年1月1日－7月15日号、「禁忌の連歌」第1話として連載）

・「高台の家」『高台の家』文藝春秋

（「週刊朝日」1972年11月10日－12月29日号、「黒の図説」第12話として連載）

・『西海道談綺（全五巻）』文藝春秋（「週刊文春」1971年5月17日－1976年5月6日号）

1977年（昭和52年）……………

・『屈折回路』文藝春秋（「文學界」1963年3月－1965年2月号）
・『棲息分布』講談社（「週刊現代」1966年1月1日－1967年2月16日号）
・「駆ける男」『馬を売る女』文藝春秋（「オール讀物」1973年1月号）
・「山峡の湯村」『馬を売る女』文藝春秋（「オール讀物」1975年2月号）
・「式場の微笑」『馬を売る女』文藝春秋（「オール讀物」1975年9月号）
・『渦』日本経済新聞社（「日本経済新聞」1976年3月18日－1977年1月8日刊、「黒の線刻画」第2話として連載）
・『馬を売る女』文藝春秋（「日本経済新聞」1977年1月9日－4月6日、「黒の線刻画」第3話として連載）

1978年（昭和53年）……………

・『風紋』講談社（「現代」1967年1月－1968年6月号、旧題「流れの結象」）
・「指」『水の肌』新潮社（「小説現代」1969年2月号）

・「留守宅の事件」『水の肌』新潮社（「小説現代」1971年5月号）
・「小説3億円事件」『水の肌』新潮社（「週刊朝日」1975年12月5日－12月12日号）
・『空の城』文藝春秋（「文藝春秋」1978年1－8月号）

1979年（昭和54年）……………

・『雑草群落』カッパ・ノベルス
・「足袋」『隠花の飾り』新潮社（「小説新潮」1978年1月号）
（「東京新聞」1965年6月18日－1966年7月7日号、旧題「風圧」）
・「愛犬」『隠花の飾り』新潮社（「小説新潮」1978年2月号、旧題「狗」）
・『天才画の女』新潮社
（「週刊新潮」1978年3月16日－10月12日号、「禁忌の連歌」第3話として連載）
・「見送って」『隠花の飾り』新潮社（「小説新潮」1978年5月号）
・「百円硬貨」『隠花の飾り』新潮社（「小説新潮」1978年7月号）
・「お手玉」『隠花の飾り』新潮社（「小説新潮」1978年8月号）
・「記念に」『隠花の飾り』新潮社（「小説新潮」1978年10月号）

・「箱根初詣で」『隠花の飾り』新潮社（「小説新潮」1979年1月号）
・「再春」『隠花の飾り』新潮社（「小説新潮」1979年2月号）
・「遺墨」『隠花の飾り』新潮社（「小説新潮」1979年3月号）
・『白と黒の革命』文藝春秋（「文藝春秋」1979年6－12月号）

1980年（昭和55年）……………

・『岸田劉生晩景』新潮社（「藝術新潮」1965年2月号－4月号、旧題「劉生晩期」）
・『眩人』中央公論社（「中央公論」1977年2月－1980年9月号）
・『黒革の手帖』新潮社
（「週刊新潮」1978年11月16日－1980年2月14日号、「禁忌の連歌」第4話として連載）

1981年（昭和56年）……………

・『地の指』カドカワノベルズ（「週刊サンケイ」1962年1月8日－12月31日号）
・『夜光の階段』新潮社
（「週刊新潮」1969年5月10日－1970年9月26日号、旧題「ガラスの鍵」）
・『十万分の一の偶然』文藝春秋（「週刊文春」1980年3月20日－1981年2月26日号）

1982年（昭和57年）……………………

・『死の発送』カドカワノベルズ（「週刊公論」1961年4月10日－8月21日号、「小説中央公論」1962年5・10・12月号、別題「渇いた配色」）

・『殺人行おくのほそ道』講談社ノベルス（「ヤングレディ」1964年7月6日－1965年8月23日号、旧題「風炎」）

・『憎悪の依頼』新潮文庫（「週刊新潮」1957年4月1日号」）

・「金環食」『憎悪の依頼』新潮文庫（「小説中央公論」1961年1月号）

・「すずらん」『憎悪の依頼』新潮文庫（「小説新潮」1965年11月号、旧題「六月の北海道」）

・『疑惑』文藝春秋（「オール讀物」1982年2月号、旧題「昇る足音」）

1983年（昭和58年）…………………

・『湖底の光芒』講談社ノベルス（「小説現代」1963年2月－1964年5月号、旧題「石路」）

・『翳った旋舞』カドカワノベルズ（「女性セブン」1963年5月5日－10月23日号）

・『彩り河』文藝春秋（「週刊文春」1981年5月28日－1983年3月10日号）

・『迷走地図』新潮社（「朝日新聞」1982年2月8日－1983年5月5日号）

1984年（昭和59年）…………

・『美しき闘争』カドカワノベルズ（「京都新聞」1962年1月11日−10月4日号）

・『塗られた本』講談社ノベルス（「婦人倶楽部」1962年1月−1963年5月号）

・『鬼火の町』文藝春秋（「潮」1965年8月−1966年11月号）

・『網』光文社文庫（「日本経済新聞」1975年3月9日−1976年3月17日号、「黒の線刻画」第1話として連載）

1985年（昭和60年）…………

・『紅い白描』中公文庫（「マドモアゼル」1961年7月−1962年12月号）

・『乱灯江戸影絵』角川書店（「朝日新聞」1963年3月21日−1964年4月29日夕刊、旧題「大岡政談」）

・『熱い絹』講談社（「小説現代」1972年2月−1974年12月号、「報知新聞」1983年8月15日−1984年12月30日刊）

・『幻華』文藝春秋（「オール讀物」1983年2月−1984年6月号）

1986年（昭和61年）…………………

・「武将不信」『奥羽の二人』講談社文庫（「キング」1956年12月号）
・「背伸び」『奥羽の二人』講談社文庫（「週刊朝日別冊」1957年2月号）
・「群議」『奥羽の二人』講談社文庫（「キング」1957年10月号）
・「細川幽斎」『奥羽の二人』講談社文庫（「別冊文藝春秋」1958年12月号）
・『異変街道』講談社ノベルス（「週刊現代」1960年10月23日－1961年12月24日号）
・『聖獣配列』新潮社（「週刊新潮」1983年9月1日－1985年9月19日号）

1987年（昭和62年）…………………

・『軍師の境遇』角川文庫（「高校コース」1956年4月－1957年3月号、「別冊文藝春秋」1961年12月・1971年12月号）
・『増上寺刃傷』講談社文庫（「文學界」1956年7月号）
・『失踪の果て』角川文庫（「週刊スリラー」1959年5月1日－5月29日号、旧題「生年月日」）
・「やさしい地方」『失踪の果て』角川文庫（「小説新潮」1963年12月号）
・『霧の会議』文藝春秋（「読売新聞」1984年9月11日－1986年9月20日刊）

・『数の風景』朝日新聞
（「週刊朝日」１９８６年３月７日－１９８７年３月27日号、「歌のない歌集」第１話として連載）
・『信玄戦旗』角川書店（書き下ろし）
・『暗い血の旋舞』日本放送出版協会（書き下ろし）

１９８８年（昭和63年）……………

・『状況曲線』新潮社
（「週刊新潮」１９７６年７月29日－１９７８年３月９日号、「禁忌の連歌」第２話として連載）
・『黒い空』朝日新聞社
（「週刊朝日」１９８７年８月７日－１９８８年３月25日号、「歌のない歌集」第２話として連載）

１９８９年（昭和64年、平成元年）……………

・『詩城の旅びと』日本放送出版協会（「月刊ウィークス」１９８８年１月－１９８９年10月号）
・『赤い氷河期』新潮社
（「週刊新潮」１９８８年１月７日－１９８９年３月９日号、旧題「赤い氷河―ゴモラに死を」）

1991年（平成3年）……………………

・『草の径』文藝春秋（「文藝春秋」1990年1月－1991年2月号）

1992年（平成4年）……………………

・『犯罪の回送』角川書店（「小説新潮」1962年1月－1963年1月号、旧題「対曲線」）

・『一九五二年日航機「撃墜」事件』角川書店（1974年刊『風の息』を改稿）

1993年（平成5年）……………………

・『隠花平原』新潮社（「週刊新潮」1967年1月7日－1968年3月16日号）

1997年（平成9年）……………………

・『神々の乱心』文藝春秋

（「週刊文春」1990年3月29日－1992年5月21日号、以降、病気のため休載、絶筆・未完）

2005年（平成17年）……………………

・『失踪』双葉文庫（「週刊朝日」1959年4月26日－6月7日号）

・「濁った陽」『断崖』カッパ・ノベルス（「週刊朝日」1960年1月3日－4月3日号）

・「草」『失踪』双葉文庫（「週刊朝日」1960年4月10日－6月19日号）

２００６年（平成18年）……………

・「背広服の変死者」『月光』双葉文庫（「文學界」１９５６年7月号）

・「統監」『月光』双葉文庫（「別冊文藝春秋」１９６６年3月号）

・『月光』双葉文庫（「別冊文藝春秋」１９６６年6月号、旧題は「花衣」）

・「河西電気出張所」『月光』双葉文庫（「文藝春秋」１９７４年1月号）

・『途上』双葉文庫（「小説公園」１９５６年9月号）

２００９年（平成21年）……………

・「江戸綺談　甲州霊獄党」「小説新潮」12月号

（「週刊新潮」１９９２年1月2日・9日新年特大号－5月14日、休載のち9月3日号で遺稿発表）

２０１５年（平成27年）……………

・『山中鹿之助』小学館

（「中学生の友3年」１９５７年４－12月号、「高校進学」１９５８年１－３月号）

●著者紹介

櫻井秀勲（さくらい・ひでのり）

1931年、東京生まれ。東京外国語大学を卒業後、光文社に入社、大衆小説誌「面白倶楽部」に配属。当時、芥川賞を受賞したばかりの松本清張、五味康祐に原稿依頼をした。二人にとっては、初めての担当編集者となる。以後、遠藤周作、川端康成、三島由紀夫など歴史に名を残す作家と親交を持った。31歳で女性週刊誌「女性自身」の編集長に抜擢され、毎週100万部発行の人気週刊誌に育て上げた。松本清張の代表作の一つである『波の塔』は「女性自身」に連載されたものであり、それだけで部数が10万部伸びたほどだった。55歳での独立を機に、『女がわからないでメシが食えるか』で作家デビュー。以来、『運命は35歳で決まる！』『人脈につながるマナーの常識』『子どもの運命は14歳で決まる！』『老後の運命は54歳で決まる！』『60歳からの後悔しない生き方』『70歳からの人生の楽しみ方』『昭和、平成、そして令和へ―皇后三代―その努力と献身の軌跡』など、著作は210冊を超える。

誰も見ていない書斎の松本清張

２０２０年１月１日　初版第１刷発行

著　者　櫻井秀勲

発行者　岡村季子
発行所　きずな出版
東京都新宿区白銀町１−13　〒１６２−０８１６
電話　０３−３２６０−０３９１
振替　００１６０−２−６３３５５１

ブックデザイン　福田和雄（FUKUDA DESIGN）
編集協力　ウーマンウエーブ
印刷・製本　モリモト印刷

ISBN978-4-86663-098-4

きずな出版
http://www.kizuna-pub.jp/

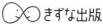